어느 날 문득

달라지기로 했다

어 느 날 문 득

달
라
지
기
로
했
다

ⓒ 이상적현실주의(이진현), 2021

초판 1쇄 발행 2021년 3월 14일

지은이   이상적현실주의(이진현)
펴낸이   이기봉
편집   좋은땅 편집팀
펴낸곳   도서출판 좋은땅
주소   서울 마포구 성지길 25 보광빌딩 2층
전화   02)374-8616~7
팩스   02)374-8614
이메일   gworldbook@naver.com
홈페이지   www.g-world.co.kr

ISBN   979-11-6649-431-4 (03810)

어느 날 문득

달라지기로 했다

이상적현실주의
(이진현)

문제아에서 신의 직장인이 되기까지
소심남에서 방송 출연을 하기까지
마이너스 인생에서 강남집을 얻기까지

좋은땅

목차

"난 (그렇게 막살던) 네가 이렇게 성공할 줄 몰랐어!"

오랜만에 만난 고등학교 친구는 정색하며 말했습니다. 무엇이 너를 그렇게 달라지게 만들었냐고. 그도 그럴 것이 매일 노래방에 가고 '방팅'을 하던, 고3 대비 모의고사를 절반도 맞지 못하던 친구가 소위 말하는 '신의 직장인'이 되어 나타났으니까요. 듣고 보니 저도 신기했습니다. 무엇이 나를 이렇게 만들었을까?

그래서 언젠가 아이들에게 물려줄 이야기를 쓴다면 제목은 《어느 날 문득 달라지기로 했다》로 정하고 싶었습니다. 그러던 어느 날 국내 최대의 네이버 부동산 카페 '부동산 스터디'에 올린 〈작은 부자가 되는 가장 쉬운 방법〉이 추천 게시글 1위를 하게 되면서, 저의 이야기가 나의 아이들뿐 아니라 다른 분들에게도 도움이 되겠다는 생각이 들었습니다.

그렇게 시작된 〈인생을 바꾸는 가장 쉬운 방법〉이 많은 분들의 관심과 사랑을 받았는데 아직 뜨거운 가슴이 살아 숨 쉬고 있을 때 그동안의 성원에 보답하면서 아이들에게 남겨 줄 자전적 자기 계발 재테크 서적인 《어느 날 문득 달라지기로 했다─인생을 바꾸는 가장 쉬운 방법》을 출간하기로 마음을 다잡았습니다.

살면서 적지 않은 자기 계발서를 읽었지만 막상 내 인생은 전혀 변하지 않는 경험을 하면서 대체 무엇이 문제인지 생각해 보았습니다. 그건 저자가 살아가지 않거나 살아갈 수 없는, 그랬으면 참 좋겠다는 그럴듯한 남의 이야기들을 긁어놓은 좋은 말씀 대잔치여서 그랬던 것 같습니다. 그렇기에 그 훌륭한 말씀이 머릿속을 스쳐 갈 뿐 가슴 깊이 박히지 않는 게 아니었을까..

화려한 임팩트를 위해 MSG(과장)를 넣지 않고 저자가 실제로 고뇌하고 극복하고 살아 낸 '진짜 이야기'를 담았습니다. 진한 색조 화장처럼 포장이 가득한 시대에 들려 드리는 가슴 뛰는 리얼 월드 스토리가 시작됩니다.

'이' 시대의 '진'정한 '현'자를 지향하는
이상적 현실주의 이진현 드림

Part I

인생을 바꾸는 가장 쉬운 방법

Intro:
한 남자의 이야기

"난 (그렇게 막살던) 네가 이렇게 성공할 줄 몰랐어."

오랜만에 만난 고등학교 친구는 정색하며 말했습니다.

그도 그럴 것이 매일 노래방에 가고 '방팅'을 하던, 종종 양아치라는 소리를 들으며 고3 대비 모의고사를 절반도 맞지 못하던 친구가 소위 말하는 '신의 직장인'이 되어 나타났으니까요. (물론 지금은 고작 직장인에게 신이라는 단어를 붙여 주지 않는, 당사자들도 그리 생각하는 시대를 살아가고 있습니다.)

어느 날 문득 달라지기로 했다

친구는 물었습니다.

무엇이 너를 그렇게 달라지게 만들었냐고.

친구는 매일 새벽에 일어나 운동을 하고 본인 기준에서 취미 생활 하나 없이 자기 계발만 하는 저에게 대단하기는 한데 너처럼은 못 살겠다고 말했습니다.

듣고 보니 저도 신기했습니다.

핸드폰에 저장된 20살의 제 사진은 싸구려 염색을 하고 싸구려 정장을 입은 채 건달처럼 앉아 저를 노려보고 있었는데 지금 길에서 만나면 무서워서 눈도 마주치지 못할 그런 사람이었습니다.

그런데 지금은 인심이 후한 분들은 귀티가 난다거나 전형적인 엘리트같이 생겼다고 해 주시고, 부동산에 가니 정말 국세청 직원 아니냐고 물었습니다.
(국세청 직원 같다는 말은 잘생기고(?) 샤프하다는 뜻이라고 합니다.)

무엇이 나를 이렇게 만들었을까?

그러다 문득

담배는 어디에 숨겼냐고 타박을 받던 문제아에서 신의 직장
인이 되기까지,
자기소개도 못 하던 소심남에서 방송 출연을 하기까지,
마이너스 인생에서 강남 집을 얻기까지의 이야기를 정리해
보고 싶었습니다.

사소해 보이는 우연들이 쌓이고 쌓이면 한 사람의 운명을 완
전히 바꾸어 놓기도 합니다.

지금부터 완전히 다른 인생을 살아가게 된 한 남자의 이야기
를 해 보려 합니다. 그리고 그 남자가 경험한 우연을 필연으로
바꾼다면 그것이 인생을 바꾸는 가장 쉬운 방법이 될 수 있겠
다 싶습니다.

어느 날 문득 달라지기로 했다

첫 번째 우연:
빨간 책과의 만남

고등학교 때 짝사랑이었던 첫사랑에 실패하고 우울하게 하루하루를 보내던 어느 날이었습니다. 누구나 한 번쯤은 경험하는, 세상을 다 얻은 것 같다가 세상을 다 잃은 것 같은 기분을 느끼며 집 안을 터벅터벅 걷고 있는데 책장에 꽂혀 있던 빨간 책 한 권이 눈에 띄었습니다.

《부자 아빠 가난한 아빠》(로버트 기요사키, 샤론 레흐트 지음, 형선호 옮김, 황금가지)

지금도 눈길이 가는 이름이지만 가난한 아빠를 둔 제 시선을 사로잡기에 충분한 제목이었습니다. 책을 집어 들고 정신없이 읽어 나가기 시작했습니다. 그때만 해도 잘 알지 못했습니다.

고작 한 권의 책이,

홍등가를 지나
오락실이 있는 1층과
술집이 있는 2층을 올라
옥탑방에 들어가야 했던,

압류 딱지를 붙이면서 미안함이 가득한 표정으로 고3 학생을 마주하던 사람들에게
다 끝나면 말해 달라고 담담히 말하던 내 인생을 이렇게 바꾸어 놓을지.

고등학생이 보기에 그 책은 이해 안 가는 내용투성이였습니다. 그때의 기억으로 적어 내려가다 보니 팩트와 다른 부분이 있을지도 모르겠지만 가장 이해가 안 되었던 건 기요사키가 묘사하는 가난한 아빠를 둔 사람들의 라이프였습니다.

가난한 사람들이 차를 사서 가난해지고,

어느 날 문득 달라지기로 했다

집을 사서 가난해지고,
돈이 없으니 더 큰 집을 사서 돈을 빌리고..

그도 그럴 것이 책에서 묘사된 가난한 사람들은 제 기준에서
는 부자였던 중산층이었고, 하와이의 교육감이었던 본인의 아
버지를 가난한 아빠라고 포지셔닝했으니 수급자로 살던 제 입
장에서 이해가 안 되는 건 당연하였습니다.

지금 생각해 보면 참 감사한 것이 잘 몰랐던 덕분에, 교육감
인 기요사키의 아버지가 정말 가난했다고 믿었기에 가난한 아
빠를 둔 저도 부자가 될 수 있겠다는 생각이 들었다는 것입니
다. 책을 덮고 나서 너무 충격을 받고 정신이 멍해졌습니다.

"나 같은 사람도 부자가 될 수 있던 거였어!?"

그때만 해도 결혼을 하고, 운전을 하는 건 특권층들이나 하
는 것으로 생각했습니다.

가난이 정말 무서운 건 당장 돈이 없어서가 아니라 미래의 꿈
까지 잡아먹기 때문인 것 같습니다. 저도 모르게 그저 무기력하
게 운명처럼 가난을 받아들였던 것 같습니다. 말은 호기롭게 잘

살 거라 했지만 마음속에서는 이미 포기하고 있었으니까요.

그런데 책의 내용을 다 떠나서 이 책은 저도 부자가 될 수 있다는 씨앗을 심어 주었습니다. 그리고 어떻게 하면 부자가 될 수 있을지 현실적인 방법을 고민하기 시작했습니다.

경영학에서 소위 말하는 SWOT 분석[1]을 하면서 제가 가진 자원을 생각해 보았는데 그건 준수한 외모와 좋은 머리였습니다. (아시죠? 모든 남자는 자신이 잘생겼다고 생각하고 모든 부모님은 우리 아이가 머리는 좋은데 공부를 안 한다고 생각을..)

그래, 그럼 일단 명문대를 들어가서 회계사를 하고 돈이 많은 배우자를 만나 사업을 하면 되겠다. 능력이 있어야 집안이 좋은 사람을 만날 수 있을 테니까!

이때를 돌이켜 보면 정말 불쌍하게 살았던 것 같습니다. 행복과 따스함으로 가득 차야 할 결혼마저도 목적을 이루기 위한 수단으로 생각했었으니까요….

---

1) SWOT 분석: 기업의 내부 환경과 외부 환경을 분석하여 강점(strength), 약점 (weakness), 기회(opportunity), 위협(threat) 요인을 규정하고 이를 토대로 경영 전략을 수립하는 기법으로, 미국의 경영 컨설턴트인 알버트 험프리(Albert Humphrey)에 의해 고안되었다. [네이버 지식백과] SWOT 분석 (시사경제용어사전, 2017. 11. 기획재정부)

어느 날 문득 달라지기로 했다

물론 돈으로 행복을 살 수는 없지만, 결핍은 한 사람을 안타까운 길로 이끌어 가는 훌륭한 나침반이 되는 것 같습니다. 어찌 되었건 이 책이 심어 준 씨앗으로 저는 고3이 되면서 삭발을 하고 밥을 먹으면서도, 걸어 다니면서도 공부를 하며 다른 학교 학부모님들까지 제 이름을 알 만큼 완전히 다른 인생을 걸어가게 됩니다.

그러면서 문득 이런 생각이 들었습니다.

"이 책 말고도 인생을 바꿔 줄 책들이 더 있지 않을까?"

한 권의 책이 나를 이렇게 바꾸었다면 이런 책들을 몇 개만 더 모은다면 정말 대단한 사람이 될 수 있지 않을까.. 이때부터 인생을 바꾸는 책들에 대한 욕심이 생기고 책 한 권 한 권을 보석처럼 대하기 시작했습니다.

귀인을 만난다는 표현이 있듯이 우연히 만나는 책이 저에게 그런 존재가 될 수 있을 테니까요.

그래서 저는 지금도 좋은 책을 만나면 이미 빌려서 봤던 책이라도 구매해서 책꽂이에 꽂아 두는 습관이 생겼습니다. 아버지가 놓았던 한 권의 책이 제 인생을 바꿔 주었듯 제 아이들의 삶 또한 그리되기를 바라기 때문입니다.

고등학교 시절 우연히 발견했던 책장 속의 명저 《부자 아빠 가난한 아빠》

어느 날 문득 달라지기로 했다

두 번째 우연:
성품 기록표

"이진현 입 X나 더러워. 걸레 문 것 같아."

중학교 체육 시간이었던 것으로 기억합니다. 욕을 입에 달고 다니던 제가 들으라고 그랬는지 한 친구가 대놓고 말했습니다. 서로 욕하는 것이 일상이던 시절이라 그랬는지 욕 좀 하는 게 뭐가 문제란 말인가 생각하며 그 말을 흘려 넘겼습니다.

그런데 수십 년이 흐른 지금도 기억이 날 만큼 그때의 기억 은 강렬하게 남았습니다.

"걸레 문 것 같아.."

고등학교에 들어가고 적응해 가던 어느 날, 예전에 들었던 그 말이 불현듯 떠오르며 한 가지 의문이 들었습니다.

"욕을 안 하면 큰 문제가 생기는 건가?"

아무리 생각해도 별 문제가 없어 보였고 만약 내가 욕을 전혀 하지 않는다면 굉장히 있어 보이는(?) 사람이 될 것 같았습니다. 그렇게 생각하며 욕하는 아이들을 3인칭 관찰자 시점에서 살펴보니 참 없어 보였습니다.

당시에는 밑도 끝도 없이 그냥 멋있는 사람이 되고 싶었는데 친구들이 추임새처럼 욕을 하는 모습이 뭐랄까.. 문자 그대로.. 참 없어 보였습니다.

그러던 어느 날 수업 시간에 선생님이 벤저민 프랭클린의 성품 기록표에 대해 말씀하셨습니다.

네. 피뢰침, 프랭클린 다이어리로 유명한 그 벤저민 님인데,

절제 등 10개가 넘는 항목[2]의 지켜야 할 성품에 대해 적고 그
것을 매일 점검하다 보니 "훌륭한 사람이 되었습니다~"는 어찌
보면 매우 진부한 이야기였습니다.

그런데 그냥 뜬금없이 "나도 한번 해 볼까?" 하는 생각이 들
었습니다. 대신 그 훌륭한 분이 하셨다는 13개 항목은 지나치
게 많으니 내 식으로 딱 6개를 골라서 요일별로 나눠 출력하고,
지갑에 넣고 다녔습니다.

그 6가지 항목은,

겸손, 정열, 도의, 절제, 책임, 친절이었는데 단어를 고른 기
준은 지금 생각해 보면 어처구니가 없지만, 당시 유행하던 '리
니지'라는 악마의 게임의 유명한 길드에서 타이틀로 쓰던 문구
몇 개를 빼 오고 내가 보기에 있어 보이는 몇 개를 추가해 만든
것이었습니다.

시작하게 된 동기가 그렇게 고급스럽지는 않았지만 어찌 되
었든 성품 기록표 체크를 고2 때까지 했고 실제로 많은 것이 변
했습니다.

---

2) 벤저민 프랭클린의 13가지 덕목: 절제, 근면, 성실, 검약, 침묵, 질서, 결심, 정의, 중
용, 청결, 평정심, 순결, 겸손.

가장 큰 수확은 막연히 생각했던 "욕을 한 번 끊어 볼까?"가 성품 기록표 체크를 통해 이루어졌다는 것입니다. 고3이 되면서는 도저히 친절을 지키면서까지 공부할 자신이 없어 이어 가지 못했지만 이 1년의 세월은 인생의 전환점이라 해도 부족하지 않을 만큼 인격적인 성숙을 이루어 주었습니다.

고등학교 때 함께 알코올을 마시던 여학생이 저에게 밑도 끝도 없이 "너는 성인군자 같아."라는 말을 시전할 정도로 말입니다. 언젠가 본가에서 옛 추억들을 뒤적이다 예전에 쓰던 성품 기록표를 발견했는데 체크 표 하단에 감명받았던 나폴레옹 님의 명언이 적혀 있었습니다.

"불가능은 소심한 자의 환상이요, 비겁한 자의 도피처이다."

	월	화	수	목	금	토	일
겸손	丁						
정열			一				
도의		一					
절제					正		
책임					丁		
친절				丁			

불가능은 소심한 자의 환상이요
비겁한 자의 도피처이다 - 나폴레옹

고교 시절 성품 기록표 - 지키지 못할 때마다 바를 정(正)자로 표시했다.

어느 날 문득 달라지기로 했다

어머니가 출근 전에 늘 틀어 놓으시던 스포츠 뉴스에서 클로 징 멘트로 나왔던 명언 중 하나로 기억하는데요, 두고두고 흔들리는 삶을 지탱해 준 한마디가 되었습니다. 아침마다 유쾌한 뉴스와 함께하던 훌륭한 이야기는 '아홉 번째 우연: 촌철살인'에서 다시 말씀을 드리겠습니다.

나를 바꿔 준 순간_01:
왜 10년만 참자고 하신 걸까?

"10년만 참자."

어느 날 갑자기 어머니가 말씀하셨습니다.

아마도 제가 초등학생 때였던 것 같은데 그 당시는 왜 그런 말씀을 하신 것인지 이해할 수 없었습니다. 지나고 보니 당시의 상황이 너무 힘겨워서 독백처럼 하신 말씀이었던 것 같습니다. 1년만 참자고 하기에는 너무 앞이 안 보이니까 그냥 10년을 부르셨던 게 아닐까.. 어찌 되었건 어머니의 심경과 무관하게 10년이라는 단어는 저에게 계속 여운처럼 남았습니다. 언젠가 이런 문구를 본 기억이 납니다.

"사람들은 1년 안에 할 수 있는 일은 과대평가하고
10년 안에 할 수 있는 일은 과소평가한다."

어느 날 문득 달라지기로 했다

그래서인지 가끔 너무 불가능해 보이는 목표가 보일 때면 기간을 길게 잡는 습관이 생겼습니다. 최근에 종종 청와대 경제수석이 되겠다는 이야기를 하고는 하는데 그 이야기를 처음 듣는 분들은 장난인 줄 알고 피식 웃으시다가 20년 동안 준비하겠다는 말씀을 드리면 그럴 수도 있겠다고 고개를 끄덕이고는 합니다.

저에게는 너무 과분했던 첫 직장에 입사한 후 자격지심과 콤플렉스가 참 많았습니다. 《아비투스》(도리스 메르틴 지음, 배명자 옮김, 다산초당)라는 책에서 말하는 계급상승론자가 느끼는 전형적인 감정이었습니다.

나는 자격이 없는데 마치 그 자리를 속여서 얻은 것 같다는 죄책감이 들었고, 어서 이 회사에 들어올 만한 '진정한 자격'을 갖춰야겠다는 생각에 늘 초조했습니다. 그래서일까요.. 입사 후 첫 회식에서 인사 팀장님께 조금은 당황해하실 만한 말을 했습니다.

"지금은 제가 제일 부족하지만 5년 후, 10년 후는 다를 겁니다."

그리고 딱 만 10년이 흘렀습니다. 상대평가를 확인할 방법은 없지만 10년이 흐른 지금 책을 써도 되겠다는 자신감이 생겼고 더는 자격 없다는 생각을 하지 않게 되었습니다. 그것은 아마도 스스로에게 부끄럽지 않은 시간을 보냈다는 확신 때문일 것입니다. 지금도 도저히 불가능해 보이는 목표를 만날 때는 저에게 말해 주고는 합니다.

"10년만 참자."

어느 날 문득 달라지기로 했다

세 번째 우연:
팔굽혀펴기 한 개

많은 것이 달라지고 있던 고3 어느 날 갑자기 재미있는 생각
이 떠올랐습니다.

팔굽혀펴기를 1개부터 시작해서 매일 1개씩 늘려 나가면 어
떨까?
윗몸일으키기도 그렇게 한번 해 볼까?

그리고 친한 친구에게 내뱉듯이 아이디어를 말하고 실천에
옮겼습니다.

처음부터 거창한 목표를 세웠다면 부담이 되었겠지만 그냥 1개부터 시작하는 거니 그다지 어렵지 않았습니다. 나중에는 팔굽혀펴기는 하루에 64개, 윗몸일으키기는 하루에 160개를 하게 되었는데 더 늘리지 않은 건 시간도 오래 걸리고 너무 피곤해지면 공부에 방해가 될 것 같아서였습니다. 거기에 덤벨 24회를 포함하여 매일 반복했고, 이 중 팔굽혀펴기와 윗몸일으키기는 지금도 이어 가고 있습니다.

뭔가 어색해 보이는 숫자가 나온 이유는 8개를 1단위로 보고,

팔굽혀펴기는 3(24), 3(24), 2(16) 순으로 8개(64개)
윗몸일으키기는 5(40), 5(40), 5(40), 5(40) 순으로 20개(160개)를 했기 때문인데
약 20여 년이 흐른 지금 이 방법은 운동의 세트 개념으로 보편화되었습니다.
(지나고 보니 시대를 앞서 나간 남자!?)

《프레임》(최인철 지음, 21세기북스)이란 책에서도 잘 나와 있듯 모든 것이 생각하기 나름인데

어느 날 문득 달라지기로 했다

팔굽혀펴기는 8개,

윗몸일으키기는 20개를 한다고 생각하니

그렇게 부담스럽게 다가오지 않았습니다.

그런데 저는 왜 8개를 1개로 잡았을까요? 목표하던 대학의
영어 이니셜이 8음절이었기 때문입니다.

예를 들어 "가나다유니버시티" 1,

"가나다유니버시티" 2,

이런 식으로 속으로 외치면서 운동을 하니 무언가 각오도 다
져지고 열심히 살고 있다는 느낌이 좋았는지 계속 이어 가는
원동력이 되어 줬던 것 같습니다.

그래서 가나다 유니버시티에 가지 못했을 때 너무 슬펐습니
다. 이제는 뭐라고 말하며 운동을 해야 할까? 한참을 고민하다
지금은,

"정말로멋있는남자"

이런 식으로 변형해서 8개를 1단위로 운용하고 있습니다. 이

게 자기 암시에 정말 효과가 있어서 원하는 건 뭐든 넣으시면 됩니다.

　"이나라최고의지성"
　"돈복이넘치는사내"

　뭐든요.

　그렇게 하루하루를 보내던 어느 체육 시간이었습니다.

　체육복을 갈아입는데 운동을 해 보겠다던 제 말을 들었던 친구가 화들짝 놀라며 말했습니다.

　"야! 몸 이거 뭐야?"

　그때만 해도 몸짱 열풍이 불기 이전이라 친구들과 비교했을 때 확연히 좋은 몸이었고 대학교 군사 훈련 때는 동기들도 놀랄 만큼 단단한 몸으로 변해 있었습니다. 초등학교 입학할 때 키가 작아 1번이었고 말라서 멸치라고 놀림 받던 제가 피지컬로 놀라움을 줄 수 있다는 것이 참 신기했습니다.

그러면서 이런 생각을 했습니다. 그냥 하루에 몇십 분만 투자하면 이렇게 몸이 좋아지는데 다른 사람들은 왜 안 하는 걸까? 나중에 군대에서 폭발 사고가 나고 운동을 잠시 쉬게 되었을 때 이유를 알게 되었는데 운동하는 것도 쉽지만 안 하는 것이 훨씬 쉬워서였습니다.

그래서 전 운동을 헬스장에서 하는 것을 안 좋아합니다. 너무 많은 각오가 필요하기 때문인데 무엇이든 지속하려면 쉬워야 합니다. 보디빌더가 될 것도 아니고 남에게 보여 주기 위한 것이 아니라면,

아침에 일어나서 바로.
아무도 나를 건드리지 않는 그 순간.
바로 시작해야 합니다.

그것이 20년 가까이 운동을 지속한 저만의 비결입니다.

네 번째 우연:
새벽 4시

사진은 제 인생을 바꿔 준 책 컬렉션 중 하나인 **《CEO의 다이어리엔 뭔가 비밀이 있다》**(니시무라 아키라 지음, 권성훈 옮김, 디자인하우스)입니다.

아주 얇고 읽기 편한 책인데요. 이 책에서 왜 새벽 4시에 일어나야 하는지, 그리고 정신없이 바쁜 생활 속에서 어떻게 집필 활동을 할 수 있는지를 배웠습니다.

어느 날 문득 달라지기로 했다

책장에서 우연히 발견한 두 번째 명저 - 《CEO의 다이어리엔 뭔가 비밀이 있다》

이 책도 저희 집 책꽂이에 꽂혀 있었는데 돌이켜 보면 아마도 이 시점에 아버지가 피라미드를 오르고 계셨던 게 아닐까 하는 생각이 듭니다. 다단계가 여러 문제가 있긴 하지만 열정을 불태우기 위한 좋은 책들은 많이 제공해 주는 것 같습니다. (수억의 책값을 지불해야 했지만요.)

이 책을 접한 대학교 4학년 때, 저는 매일 새벽 4시에 일어나 운동을 하고 지하철에서 책을 읽으며 학교에 갔습니다. 지금의 삶을 바라보면 이때 적금 들듯이 읽었던 책들을 인출해 가면서 살고 있지 않나 싶습니다.

저는 학창 시절에 여름방학이든 겨울방학이든 14시간 이상 잠을 자던 게으름뱅이였습니다. 본디 부지런한 사람도 아니었고, 이 책을 읽은 사람이 저만은 아닐 텐데 어떻게 저는 4시에 일어나기를 결단하고 그것을 이어 갈 수 있었을까요?

사실 소위 말하는 성공을 위해서 새벽에 일어나야 하는 이유는 너무도 명백합니다. 지금이야 회식 문화가 조금 사라지기는 했지만 꼭 그것이 아니더라도 저녁에 세운 계획은 다른 사람들에 의해 흔들리기 마련입니다.

하지만 어지간한 돌I가 아니고서야 새벽 4시에 술을 마시자는 사람은 없으니 꼭 해야 할, 꼭 이루어야 할 것이 있다면 새벽에 해야 합니다.

저는 이것이 대부분의 CEO들이 운동으로 하루를 시작하는 이유라고 생각합니다. 가끔 이런 생각을 하고는 합니다.

"일어나는 시간은 마치 하루의 기운을 결정하는 자판기의 선택 버튼과 같다."

새벽 시간 기상 버튼을 누르면 활기와 에너지가 넘치고 10시 기상 버튼을 누르면 끈적끈적한 무력감과 패배감이 온종일 하루를 짓누르는 그런 버튼이요.

        어느 날 문득 달라지기로 했다

새벽 시간에 일어나면 나도 모르게 이런 생각이 듭니다.

"너희들 아직 자고 있지? 나는 이미 회사에 왔지롱~"

그래서일까요? "아침형 인간과 저녁형 인간의 유일한 차이점은 아침형 인간이 유난히 으스댄다는 것뿐이다."라는 조롱이 있기도 합니다.

그리고 한의학적으로 아침형 인간과 저녁형 인간이 있다고도 하고 타고난 것이 다를 뿐이라는 이론도 요즘 종종 언급되고 있습니다. 그런데 저는 정말 아침형 인간이 존재하는지에 대한 의문이 듭니다. 뭐랄까.. 아침형 인간은 거인병과 같은 게 아닌가 싶어요. 왜냐하면 아침형 인간은

"한우를 싫어하는형 인간."
"서울대생이 되기를 싫어하는형 인간."
"우리 아이가 의사가 되기를 싫어하는형 인간."

만큼이나 굉장히 어색합니다.

우리 모두는 자라면서 이런 말을 한 번쯤 들어 봤을 겁니다.

"잠은 잘수록 는다."는 말은 프로 잠만보였던 산증인인 제가 보증합니다. 초등학교 방학 때는 부모님이 안 계시던 집에서 하염없이 잠을 자고 일어나 멍을 때리다가 만화영화를 본 후 저녁을 먹고 또 하염없이 자는 생활을 반복하다 보면 방학이 끝나 있었습니다.

하루에 14시간 이상씩 잠을 잤는데 처음부터 그런 능력(?)이 있던 건 아니고 조금씩 시간이 늘어 가다 보니 그렇게 된 것뿐입니다. 패배감에 잠겨 다음 방학부터는 그러지 않겠노라 다짐했지만 그 생활을 끊임없이 반복했습니다.

인간이 얼마나 잠을 좋아하는지는 인류 최고의 지혜자라고 평가받는 솔로몬이 쓴 잠언에서도 드러납니다.

"너는 잠자기를 좋아하지 말라 네가 빈궁하게 될까 두려우니라 네 눈을 뜨라"(잠언 20:13)

그런데 왜 우리는 아침형 인간은 따로 있는 것일 뿐 나는 아니라고 믿고 싶은 걸까요? 이유는 간단합니다. 아침에 일어나는 게 너무 힘들어서 그렇습니다.

어느 날 문득 달라지기로 했다

가끔 그런 질문을 받습니다. 새벽에 일어나는 게 힘들지 않느냐고요. 그러면 저는 웃으면서 이렇게 답합니다.

"힘들지 않느냐고요? 음.. 처음에는 정말 죽는 줄 알았고 적응이 좀 되고 나니.. 겁나 힘들어요."

네.. 그렇습니다.. 죽을 것 같은 것에서 겁나 힘든 것으로 상대적으로 나아졌을 뿐 날아갈 것처럼 좋지 않습니다. 왜냐하면 우리가 소위 말하는 '단잠'을 자려면 어제보다 적어도 1분은 더 자야 하기 때문입니다.

오죽하면 새벽 3시 기상을 강조하는 이 책의 저자도 주말에는 늦잠의 기쁨을 만끽하고 싶다며 5시에 일어난다고 합니다. 사실 여기까지는 대부분이 아는 내용일 겁니다. 이런 생각이 드실 수도 있습니다.

"아침형(강남)이 좋은 거 다 알죠. 근데 의지(돈)가 없는데 어떡합니까?"

그런데 없는 돈이 하늘에서 떨어질 수는 없지만 의지는 만들 수 있습니다. 지금부터 모두가 아침에 일어날 수 있는 두 가지 비결을 공개합니다. 우리가 아침에 일어날 수 없는 데는 두 가지 이유가 있습니다.

먼저 일어나기 전에 마음속으로 이미 패배해 버립니다. 나는 안 될 거라고 자기 전에 이미 생각하고 잠들고 일어나 보니 역시 너무 피곤하고 힘드니 그냥 다시 잠들어 버리는 겁니다.

그래서 아침에 일어나서 자신에게 해 줄 이야기가 필요한데 "아침에는 원래 힘들어." 이 말을 A4에 크게 자필로 적어서 침대 옆 책상 위에 붙여 두는 겁니다.

그리고 아침에 일어나면 역시 너무 힘든데 그때 비몽사몽간에 자신에게 중얼거리며 일어나는 겁니다. "아침에는 원래 힘들어.. 나폴레옹도 겁나 힘들었을 거야.." 그런데 이것으로는 부족했습니다.

그래서 '구체적인 계획'을 아침에는 원래 힘들다는 문구 옆에 붙여 두었습니다. 우리의 기상 시간은 보통 회사 출근 시간에 맞추어 역산하여 계산되는데요. 그 말은 우리는 해야 할 일이 있다면 일어날 수 있는 사람이라는 뜻입니다.

어느 날 문득 달라지기로 했다

이때 일어나지 않으면 지각! 이런 것처럼 이때 일어나야 할 수 있는 스케줄을 적는 겁니다.

4:00~4:10 정신 차리기 & 물 마시기
4:10~4:40 운동
4:40~5:00 세면
5:10~5:30 아침 & 양치
5:30 새벽 기도 출발

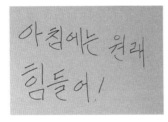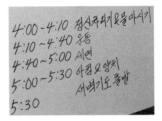

새벽 4시 기상 초기 시절 책상 앞에 적어 놓던 문구들

이런 식으로 적어 두고 하루를 운용하는데 4시에 일어나지 않으면 무엇인가를 포기해야 합니다. 그런데 이것보다 더 중요한 것이 있습니다. 사실 가장 어려운 문제이긴 한데요.. 새벽에 일어난다는 것은 달콤한 저녁, 나만의 저녁을 포기해야만 가능합니다. 평범한 사람은(우리 대부분은 평범합니다.) 6시간은 자 줘야 합니다. 4시에 일어나려면 10시에는 하고 싶은 것들을

내려놓고 불을 꺼야 합니다.

제가 처음에 새벽 기상을 결심했을 때는 〈주몽〉이라는 너무 너무 재밌는 드라마를 하고 있었습니다. 제가 정말 TV를 안 보는 사람인데 유일하게 보던 프로그램이었어요. 요즘처럼 다시 보기 스트리밍도 없던 시절이라 무조건 본방 사수를 해야 하는데 보려고 하니 10시를 넘어가는 겁니다.

그때 소서노(한혜진 님)가 주몽과 이어지기 직전의 흥미진진한 극의 중반부였는데 눈물을 머금고 주몽을 안 보기로 했습니다. 제가 얼마나 어렵게 결단했는지 마지막으로 본 한혜진 님의 표정까지 기억이 남습니다. 10년이 훨씬 넘었는데요. 그런데 참 신기한 것이 당연하지만 그거 좀 안 본다고 인생에 큰 지장이 없더라고요.

지금 제가 늦은 밤까지 하고 싶은 그것도 그와 같을 것이란 생각이 듭니다. 그리고 무엇보다 제 아이들에게 삶으로 가르치고 싶습니다. 인생은 이렇게 열심히 살아가는 거라고요. 사실 요즘은 미취학 아동 육아를 해야 하다 보니 4시에 일어나기는 물리적으로 불가능해서 4시 50분에 일어나고 있습니다.

어느 날 문득 달라지기로 했다

왜 10분 더 자고 5시에 일어나지 4시 50분에 일어나는지 물으신다면 고작 10분 차이지만 앞자리가 4인 것이 엣지 있어서 (멋있어 보여서) 그렇습니다. 제가 원래 승차감보다 하차감에 올인하는 사람이라 자동차도 Beautiful Trash(예쁜 쓰레기)라 불리는 모델을 탑니다. 가끔 누가 대체 몇 시에 일어나는지 물어보실 때

"아.. (아무렇지 않은 듯) 4시! 50분(모기처럼)이요."

이러면 4시만 기억하고 "우아~ 정말 훌륭하시군요." 하는 반응을 보이시는데 이게 뭔가 좀 마약 같아서 늦잠을 자고 싶어도 자지 못하는 그런 삶을 살고 있습니다. 이 글을 읽은 여러분은 이제 새벽에 일어나게 되실 겁니다.

그 시간에 무엇을 하실 건가요?

본능적으로 '팔굽혀펴기 한 개'를 떠올리셨다면 내년 거울 앞에는 완전히 다른 사람이 서 있을 것이라 확신합니다.

나를 바꿔 준 순간_02:
편입을 해 볼까?

수능을 한 달여 앞둔 어느 날 담임 선생님이 부르셨습니다.

"진현아, 너 재수할 생각 없냐?"

고3 때부터 마음을 먹고 밥 먹는 시간에도 공부했지만 모의고사를 절반도 맞지 못하던 실력을 단 1년 만에 끌어올리기에는 그동안 낭비한 세월이 너무 길었습니다. 초반에 급상승하던 성적이 정체되자 안타까운 마음이 드셨는지 담임 선생님은 수능을 보기도 전에 재수에 관해 물으셨던 겁니다. 당시는 조금 서운했는데 돌이켜 보면 정말 저를 아껴 주셨던 것 같습니다.

하지만 전 전혀 생각 없다고 말하고 나오면서 한 달이면 충분히 기적이 일어날 거라고 정신 승리를 해 봤지만 제가 생각하기에도 그토록 가고 싶던 '가나다 유니버시티'에 가기는 무리가 있었습니다. 어떻게 하면 좋을까.. 그러다 문득 편입하면 되겠다는 생각이 듭니다. 그래. 편입하면 재수하면서 1년을 허비하지 않아도 되고 영어 실력도 늘겠지? 좋았어!

이렇게 생각하기는 했지만, 사실은 재수할 자신이 없었습니다. 그동안 그토록 방탕하게 살다가 잠자는 시간을 제외하고 공부만 하면서 1년을 보내다 보니 이제는 좀 쉬고 싶었던 겁니다. 그래도 편입을 하겠다는 명분으로 집에서 걸어갈 수 있는 대학교에 입학하고 오리엔테이션 때 술에 취해 만나는 사람마다 얘기했습니다.

"난 편입할 거야!!!!!"

그런데 그 학교에서 즐거운 추억도 쌓고 ROTC에 합격하다 보니 여기서도 그냥 잘 지낼 수 있겠다는 생각이 들었습니다. 또 고3 때처럼 숨 막히게 공부할 자신이 없었으니까요. 문제는 제 주변 사람 모두가 저를 당시 다녔던 학교 학생이 아닌 가나다 유니버시티 학생으로 대하고 있다는 것이었습니다. 돌이키기엔 너무 멀리 온 것 같아 시험을 8개월 앞두고 S 대학교 편입 모의고사를 풀어 봤는데 무슨 단어가 이토록 어려운지…. 아는 건 거의 없지만 열심히 풀었는데 30 몇 점이 나왔습니다.

"아.. 된장, 괜히 편입한다고 했다.. 입이 방정이지.. 이거 어쩌지, 시간도 얼마 안 남았고.." 그래도 그동안 내뱉은 말을 수습해야 했기에 급하게 편입을 준비합니다. 오후 4시부터 새벽 2시까지 하던 레스토랑 알바를 그만두고 공부를 시작했는데 문제는 늘 해 오던 알바를 그만두니 생활비가 부족했다는 겁니다.

"하루에 2200원."

7개월여의 수험 기간 동안 제가 하루에 쓸 수 있는 금액이었습니다. 점심은 도시락을 싸 가고, 100원짜리 믹스커피를 뽑아 마시고, 학교 식당에서 1500원짜리 석식을 먹고, 200원짜리 찰떡파이 3개를 사서 8시 30분에 2개, 11시에 공부를 마치고 집에 가면서 1개를 먹으면 하루에 2200원이 딱 떨어졌습니다. 나중에는 찰떡파이를 살 돈도 부족해서 계란 3개를 삶아서 가지고 다녔습니다. 책을 바리바리 싸 들고 중앙도서관에서 공부를 하다가 그 짐을 다시 학과 사물함으로 옮기러 가면서 문득 이런 생각이 들었습니다.

"이 시간이 내 인생을 바꿔 줄지도 모른다."

어느 날 문득 달라지기로 했다

간절하면 이루어진다고 하더니 보통 휴학하고 1~2년 정도 공부해야 하는 일반 편입을 시험 직전 2주의 군사 훈련까지 하면서 8개월 만에 합격했습니다. 정말 그 시간이 제 인생을 바꾸어 주었습니다. 한 달 동안 하루에 10시간을 일하면서 90만 원을 받던 제가 주 2회 영어 수업만으로 40만 원이 넘는 과외비를 받게 되었으니 말입니다.

그런데 그럼에도 불구하고 아쉬움이 남았던 건 가나다 유니버시티의 시험 후 공개되었던 점수가 100:1 경쟁률의 경영학과를 제외한 대부분의 전공을 붙을 수 있던 백분율이라는 사실이었습니다. 지나고 보니 학과가 그렇게 중요했던 게 아니었는데 나는 왜 그토록 경영학과에 목숨을 걸었을까.. 이때의 아쉬움은 훗날 부동산을 선택하는 제 기준을 만들어 주었습니다.

"학과(연식, 세대수, 크기)보다 소속(행정 구역)이 중요하다."

어쩌면 그 아쉬움이 나비 효과가 되어 일원동의 소형 아파트와 도곡동의 소단지 50평을 매수하게 만든 원동력이 된 게 아닌가 생각해 보고는 합니다.

다섯 번째 우연:
소심이와의 이별

"언제까지 이렇게 살 수는 없잖아."

어느 분께서 두려움 극복에 대한 사연을 나눠 달라고 하셨을 때 이날의 기억이 떠올랐습니다. 원래부터 그런 성향이었는지, 가세가 기울어 서울에서 낯선 지역의 초등학교로 전학을 온 순간부터였는지 모르겠지만.. 어찌 되었건 저는 참 소심한 아이였습니다.

그 시절에는 자기소개를 시키는 경우가 많았는데 저는 그 시간이 죽기보다 싫었습니다. 무엇보다

"내 이름은 이진현입니다."

이 한 마디가 안 나오는 겁니다.. 사람들 앞에서 제 이름 석 자도 말하기가 어려웠습니다. 언젠가는 한 명씩 나와서 재미있는 이야기를 해야 하는 시간이 있었는데 얼어붙은 제가 몇 분이 지나도록 아무 말도 하지 못하고 있었습니다. 거의 반 협박을 받고 유치찬란한 방귀 이야기를 했습니다.

그런데 이게 웬일인 걸까요? 갑자기 아이들이 박장대소를 하더니 박수가 쏟아져 나왔습니다. 재미있다고 박수 세례를 받으며 어리둥절한 채로 자리로 돌아가는데 선생님이 뒤에서 이렇게 잘하는데 왜 말을 안 했냐고 하시는 겁니다.

그럼 제가 그날 이후로 용기를 얻고 발표를 잘하는 사람이 되었을까요? 억지로 툭 던진 말이 요즘 말로 대박을 쳤으니 말입니다. 전혀요. 저는 소심이니까요. 그렇게 쉽게 될 거였으면 진작에 되었을 겁니다.

미용실을 가는 날도 저에게는 매우 용기가 필요한 날이었습니다. 당시 어린 남아에게 앞머리가 긴 것은 일종의 자존심 같은 것이었습니다. 그런데 미용실을 갈 때마다 제 앞머리를 호

섭이(일자)로 만들어 버리는 거예요. 매달 그런 폭력적인 가위질을 당하면서도 저는 앞머리를 남겨 달라는 말을 못했습니다.

분명 미용실에 가기 전까지는 머릿속으로 생각합니다.

'앞머리는 남겨 주세요 하자.. 앞머리는 남겨 주세요 하자.. 이번에는 꼭 하자..'

그런데 막상 그 시간이 되면 무력하게 잘려 나가는 앞머리를 가슴 아프게 바라보다가 집으로 가면서 자신에게 말했습니다.

다음에는 앞머리 꼭 남겨 달라고 하자.. 미안해 앞머리야.. 오늘도 지켜 주지 못했어..

그뿐만이 아니었습니다. 만화책방에서 만화를 빌려 보고 반납을 해야 하는데 만화만 반납할 용기가 없었습니다. 뭐라도 하나 더 빌려서 나와야 할 것 같은 거예요. 만화방에 갈 때마다 속으로 또 외쳤어요. 오늘은 반납만 하고 오자.. 그냥 내려놓기만 하면 되는 거야. 알았지? 그냥 내려놓기만 하면 되는 거야..

그런데 집으로 돌아가는 길에 제 손에는 그날의 재정 상태에

어느 날 문득 달라지기로 했다

따라 권수만 달라져 있을 뿐 언제나 만화책이 들려 있었습니다. 그렇게 중학생이 되었는데 너무도 야속하게.. 제가 제일 두려워하는 자기소개 시간이 기다리고 있었습니다. 그때 저도 모르게 이런 생각이 들었습니다.

'언제까지 이렇게 (소심하게) 살 수는 없잖아?'

정말 달라지고 싶었습니다. 무력하게 잘려 나가는 앞머리를 하염없이 바라보는 것도 너무 슬펐고, 언제나 자신 없는 제 자신이 무엇보다 싫었습니다. 마침 이 중학교는 제가 졸업한 초등학교에서 딱 두 명만 배정받은 곳이었습니다.

그곳에는 예전의 소심하고 찌질한 저의 모습을 기억하는 사람도, 천 원이 없어졌을 때 당연히 네가 가져간 거 아니냐며 저를 의심하던 아이들도, 고작 팬시점 갔다는 말을 한 번 했다고 네 주제에 무슨 CNA[3]냐며 비웃던 아이도 없었습니다.

전교에서 딱 두 명만 배정받고 버스로 30분은 걸리는 '깡패학교'에 가게 되었다고 중학교 발표일에 엉엉 울었던 그런 학교였는데.. 사나이 울리던 그 학교가.. 뒤집어서 생각해 보니 새로

---

3) CNA: 모닝글로리와 함께 필자의 동네를 주름잡던 잡화점의 이름. 들어가기 전마다 위축되고는 했다.

운 인생을 살기에 더할 나위 없이 좋은 조건이었습니다.

"인생사 새옹지마."

당시 모르던 사자성어지만 본능적으로 느낄 수 있었습니다. 그렇게 마치 영겁의 시간이 흐른 듯 이런저런 생각들이 스쳐 지나가다 피할 수 없는 자기소개 시간이 찾아왔습니다. 떨리는 가슴을 안고 강단에 섰습니다. 다시 한 번 언제까지 이렇게 살 수 없다고 생각하면서 선서하듯 큰 소리로 말했습니다.

"내 이름은 이진현이고, 내 꿈은 바람 고등학교 진학이야! 블라블라!"

그날 저를 처음 본 아이들이야 아무렇지 않게 들었을지 모르지만 저에게는 인생이 바뀐 순간이었습니다. 그토록 소심했던 제가 머뭇거리지도 않고 이름을 넘어서 감히 '꿈'까지 말하다니요.. 고등학교 진학에 무슨 꿈이라는 거창한 이야기를 붙였냐고 생각하실 수도 있지만 반 배치 고사에서 30등 정도를 했던 저에게 있어 동네에서 이름 있는 인문계 고등학교 진학은 꿈만 같았습니다.

어느 날 문득 달라지기로 했다

중학교 입학도 하기 전부터 어머니는 저에게 마치 독백처럼 말씀하시곤 했습니다.

"나는 네가 바람 고등학교 갔으면 좋겠는데.. (근데 공부 못 하는 넌 안 되겠지..)"

어머니의 바람을 들어 드리고 싶었는지, 아니면 안 될 거라고 말씀은 안 하셨지만 거의 확신하고 계시던 어머니를 이기고 싶었는지 몰라도 그것이 저에게 꿈이 되었습니다. 그러고 보니 신기한 것이 어머니가 말씀하신 것은 거의 다 이루었습니다.

"나는 네가 ○○○○를 했으면 좋겠는데.. 근데 그거 공부 잘 해야 하는데..
(그러니까 넌 안 되겠지..)"

누군가가 무언가를 하게 만들고 싶다면 안 될 거라고 말해 주라는 글귀를 본 적이 있습니다. 감사합니다, 어머니.. 어머니는 다 계획이 있으셨어요.

어쨌든 그날의 자기소개 이후로 제 삶은 완전히 바뀌었습니다.

소심한 찌질이에서 빽이 많은 사람으로 종종 오해를 받는 자신감이 넘치는 사람이 되었고 중2 때는 무려 '반장'을 했습니다. 당시 누구보다 저를 잘 아시던 어머니로서는 마치 제가 국회 의원이 된 정도의 충격이셨을 텐데 그래서인지 그때의 반장 임명장은 지금 이 순간에도 어머니 집에 박제처럼 남아 있습니다.

이런 생각이 드실 수도 있습니다. 고작 그 한순간의 결단으로 사람이 그렇게 바뀔 수 있느냐고요.

네 맞아요.

그럴 수 있어요.

교수와 거지의 공통점은 되기는 어렵지만 일단 되고 나면 엄청 쉽다는 건데요, 변화라는 것도 그렇습니다. 가끔 최근에 저를 알게 된 사람이 제 초등학교 친구에게 저에 관한 이야기를 해 주면 화들짝 놀란다고 합니다.

자기는 그냥 존재감이 없는 아이로만 기억하고 있다면서요. 자산도 그렇지만 성공에 대한 경험도 마치 눈덩이가 불어나는 것과 같습니다. 처음에 자신감의 뭉치를 만들어 놓고 굴리면 나중에는 크게 노력하지 않아도 굴리기만 하면 커지는 그런 눈덩이 말입니다.

그때부터 저는 정주영 회장님 같은 인생을 살아갑니다. 아무것도 없는 상태에서 거북선 지폐를 보여 주며 선박을 수주했던 그분처럼, 저도 그렇게 살아왔습니다. 지금은 아무것도 없지만 이런 완성본이 될 거라고 말하면서 그것을 이루어 가며 살아왔습니다.

아내를 처음 만났을 때 아내는 톱클래스 대기업 직원이었고 저는 초라한 취준생이었습니다.
그때도 늘 그렇듯 완성본을 세일즈 했습니다.

"지금 신의 직장인 ○○○, ○○○○○○을 준비하고 있는데 그대의 친구들인 관악인들보다 더 좋은 곳을 갈 것이외다. 내가 비록 지금은 토익이 630이나 소인에게는 알파벳의 천부적인 재능과 경험이 있어 블라블라.."
물론 자신 있게 외치고 결과가 지지부진할 때 괜한 말을 해서 사서 고생을 한다고 후회할 때도 있었지만.. 결국 제가 선포하듯이 외친 이야기들의 대부분을 이루었습니다.

첫 집에 입주하고 첫 아이가 태어났을 때 어머니가 이런 말씀을 하셨습니다.

"그렇게 타워팰리스 살고 BMW 탄다고 하더니.. (그건 아니지만) 성공했네."

일단 선포하고 이루어 나가면 100%는 몰라도 90%는 이루게 되는 것 같습니다. 더는 이렇게 살 수 없다며 외쳤던 그날의 나비 효과는 저 같은 소심이를 무려 방송에서 프러포즈를 할 수 있는 용사로 만들어 주었습니다.

슈퍼스타케이 밴드가 반주를 해 주고, 연예인들이 축하를 해 주는 자리에서 부모님의 금을 모두 녹여 만든 금반지를 아내의 손에 끼워 주는데 제 눈에는 다이아보다 더 반짝반짝 빛나 보였습니다.

이 방송을 본 지인들은 이런 말을 하고는 했습니다.

너 정말 대단하다고.
어떻게 방송에 나갈 용기가 있었냐고.
자기라면 죽어도 못할 것 같다고.

어느 날 문득 달라지기로 했다

그럴 때면 돈이 없으니 몸으로라도 내가 해 줄 수 있는 최선을 다하고 싶었다고 담담히 말하지만 저도 참 신기하다는 생각이 듭니다. 정말 소심한 사람이었고 지금도 소심한데 요즘은 언어의 마술사라든지, PT의 달인이라는 이야기를 듣고는 하니까요.

소심남이었던 시절이 무색하게 방송에서 프러포즈를 한 날

독자님들도 더는 이렇게 살 수 없다고 작은 발걸음을 걸어가다 보면 어느새 저 같은 독백을 하시게 될 거예요.

"아.. 맞아.. 내가 예전에 그렇게 소심했었지?"

여섯 번째 우연:
아이큐 150

중학교에 올라가면서 아버지의 지인이 학원에 무료로 다니게 해 주셨습니다. 초등학교에서 제법 잘살던 친구들이 종종 눈에 띄었던 것을 보니 상당히 괜찮은 학원이었던 것 같습니다. 요즘으로 치면 뭐랄까.. 사회적 배려 대상자 장학금 같은 것이었는데 돌이켜 보면 이런저런 도움을 참 많이도 받고 살았습니다.

그래서일까요.. 언젠가 저도 그런 도움을 주는 기업가가 되리라 다짐하고는 합니다. 그런데 안 다니던 학원에 다닌 덕분인지 무명의 용사 같던 저는 갑자기 공부를 제법 잘하는 아이가 되었습니다. 시험 기간에는 상위권 아이들이 저에게 무슨 과목을 몇 점 맞았냐고 물어보고, 지금까지 네가 몇 등이라며 알려 주는데 참 낯설고 신기했습니다.

원래 상위권 애들은 다 이렇게 살았던 건가 싶고, 어차피 결과가 다 나올 건데 지금 점수는 알아서 뭐하나 의아했습니다.

그러던 어느 날 학원 수업 시간에 원장님이 뜬금없이 제 아이큐가 150인 것을 알고 있냐면서 칭찬을 쏟아 내셨습니다. 통찰력이 있다느니, 컴퓨터 프로그램을 만들어 용돈을 번다느니.. 그런데 제가 평소에도 책을 많이 읽어 어려운 어휘를 많이 쓰고, 유난히 국어 점수가 잘 나와서 그랬는지 아이들이 그냥 그 말을 믿어 버렸습니다.

대체 이 원장님이 왜 이러는지 모르겠지만 도움을 받고 다니는 처지라서 뭐라고 반박도 못 하겠고.. 그러는 사이 저는 아이큐가 150의 천재라고 기정사실화되어 버렸는데 가끔 제가 돌I 같은 행동을 할 때면 친구들은 뒤에서 "머리가 좋은 애들은 원래 저런대.."라며 수군거렸습니다.

그런데 문제는 제가 아이큐를 확인해 본 적도 없을뿐더러 아무리 생각해도 150은 어불성설인 것 같다는 데 있었습니다. 천재인지 아닌지는 본인이 딱 알잖아요? 그런데 그동안 공부도 못하고 까맣고 키 작다고 무시만 당했던 제가 처음으로 인정이라는 것을 받아 보니 마치 마약과 같았습니다. 존중받는 삶을 처음으로 경험해 보니 진실이든 아니든 그냥 아이큐 150으로 살아가고 싶었어요.

그렇게 속앓이를 하고 있는데 제 마음을 아는지 모르는지 누나는 멘사 테스트를 받아 보라고 했고, 우리 집에 온 다음 날 "이진현 집 X나 누추해."라며 비웃던 부잣집 아들은 저에게 너 왜 공부 안 하냐며 내가 (머리 좋은) 너라면 공부를 할 거라고 부러운 눈빛으로 말했습니다. 그때 전 속으로 외쳤어요.

"나도 내가 천재였으면 좋겠다고!!!"

그래도 돌이키기엔 너무 멀리 왔기에 그때부터 열심히 머리 좋은 척하기 시작합니다. 그 나이 때 아이가 생각하는 천재의 모습은 뻔합니다. 그냥 대충대충 살아가는데 결과가 잘 나오는 거.. 그게 천재의 모습이에요.

불행인지 다행인지 어떻게 하면 머리가 좋아 보이는지는 잘 알 수 있었습니다. 언제 어느 순간에 무슨 질문이 나올 테니 미리 가서 외워 놓고 마치 당연히 알고 있었던 것처럼 대답하고.. 그렇게 만들어진 천재로서 천재를 연기하며 노력을 죄악시하며 살아갔습니다.

노력하는 천재라는 건 술은 마셨는데 음주 운전은 안 했다는 말만큼이나 어색하기 때문입니다. 요즘이야, 머리가 아니라 노력을 칭찬하라는 스탠퍼드 대학의 연구 결과가 광범위하게 퍼져 있지만 당시는 전혀 달랐습니다.

부모님들이 마치 주문을 외우듯이 "우리 아이가 머리는 좋은데 공부를 안 해요."를 중얼거리고 계셨고, 부모님조차 천재 아들을 둔 것을 자랑스러워하시는 것 같았습니다. 이 와중에 제가 어떻게 노력을 할 수 있었겠어요? 종종 언론에 나오는 천재들의 비참한 말로를 저는 누구보다 잘 이해합니다.

수치상으로 단순히 생각해 보면 아이큐 100과 150은 고작 연비가 1.5배 차이가 나는 것인데 아무것도 안 하는 150이 열심히 하는 100을 어떻게 이길 수 있겠어요? 그런데 멍청하게도 저는 그래야 한다고 생각했습니다.

노력을 하면 나의 천재성이 오염된다고 생각했고 급기야 중2 때는 온종일 잠을 자기 시작합니다. 종일 잠만 자다가 막상 시험을 봤는데 나쁘지 않은 점수가 나오는 천재 소년. 그런 시답잖은 멋있는 척을 해 보겠다는 그때의 멍청한 선택으로 제 학업 습관은 완전히 무너져 버렸습니다.

마치 이제 와서 뭘 어찌하기 어려운 원유 매장량 1위의 베네수엘라처럼요. 고등학교 때는 중학생 팬클럽이 있었던 적이 있는데 팬클럽이 생긴 이유가 조금 어처구니없었습니다. 그날도 어김없이 채팅하면서 킬링타임을 하고 있는데 당시 유행하던 버디버디 메신저 쪽지가 날아왔습니다.

"혹시 진현 오빠 맞으세요? 도서관에서 '자는 모습'이 너무 멋있으셨어효!"

자는 모습이 너무 멋있으셨어효.. 자는 모습이 너무 멋있으셨어효..

제가 얼마나 공부를 안 하고 잠만 자며 인생을 탕진하며 살았는지 저 한 문장에서 알 수 있습니다. 덕분에 팬클럽이 생기는 색다른 경험을 했지만 제 학업 성취도는 말 그대로 박살이나 버렸고 이후로 저는 그냥 드럼 치는 날라리의 이미지로 살아가게 됩니다.

그런데 《**부자 아빠 가난한 아빠**》를 읽고 나도 부자가 될 수 있겠다는 생각을 한 후 성공하는 방법을 찾다 보니 무조건 공부를 잘해야 했습니다. 아무것도 없는 제가 성공할 방법은 돈 많은 배우자를 만나는 것뿐인데 그런 분이 왜 아무것도 없는 저 같은 사람과 결혼해 주겠어요?

그래서 명문대 출신의 회계사가 되기로 결심하고 공부를 하려는데 걸리는 게 있었습니다.
그것은 제 안에 늘 잠재되어 있던 두려움이었습니다.

"천재라고 불리던 내가 노력했는데 결과가 안 좋으면 어떻게 하지?"

제가 보는 저는 천재가 아닌 것 같기는 한데 때로는 천재 같기도 했습니다. 뭐랄까.. 마치 긁지 않은 복권처럼 혹시 정말 천재일지도 모른다는 그 일말의 가능성이 저를 지탱해 주기도 했습니다. 그런데 노력을 했는데도 결과가 안 좋으면 '꽝'인 복권을 확인하는 것처럼 슬플 것 같았습니다.

두려웠지만 그래도 한번 노력이라는 걸 해 보자는 마음이 들었습니다. 지나온 시간을 되돌아보면 단 한 번도 최선을 다해 본 적이 없었습니다. 저는 늘 80점짜리 인생만 살아왔습니다. '적당히' 노력하고 '적당한' 결과에 만족하며 살았습니다. 최소의 노력으로 최대의 효과를 거두면 천재라는 이미지를 유지할 수 있었으니까요.

그래서 노력하면 50점대로 '가'를 받고, 아무것도 안 하면 20점대로 '가'를 받았던 수학과 한문은 그냥 책을 쳐다보지도 않았습니다. 기둥을 세우고 승리의 V를 만들었어요. 어차피 최하 등급이고 내신도 안 들어가는데 해서 뭐하나 하는 생각이었고 한심하게도 그러한 선택이 현명하다고 생각했습니다.

그런데 문득 그런 제 인생에 염증을 느꼈습니다. 무엇 하나 최선을 다해 보지 않은 인생.. 그런 비겁한 인생은 좀 그만 살고 싶었어요. 그래서 비록 결과가 안 좋아서 바보처럼 보일지 언정 '쏟아붓는 노력'을 한번 해 보고 싶었고 이왕 하는 거 고3 첫 시험은 전교 1등을 한번 해 보기로 했습니다.

그러려면 그동안 버리던 자투리(?) 과목까지 다 챙겨야 했는데, 실기 시험 D에 복장 불량까지 겹쳐 '가'를 받던 체육을 위해서는 아침 일찍 학교에 가서 레이업 슛을 연습했습니다. 길을 걸어가면서는 영어 단어를 외웠고, 급식을 먹으면서도 단어를 외웠습니다. 그때부터 시작했던 팔굽혀펴기와 윗몸일으키기 사이에 근육이 쉬는 순간에는 신문 사설을 읽었습니다.

심지어 밥 먹던 손까지 왼손으로 바꾸고 덜렁대는 성격을 고치겠다고 청소 검사를 한 후, 책상의 각을 한 번씩 싹 맞추고 갔습니다. 완전히 다른 사람이 되어야 했으니까요. 지난 시간의 제 모습은 다 지워 버리려고 했습니다.

당시에는 작정하고 잠을 잤던 적도 거의 없었습니다. 공부하다 너무 피곤해서 기절을 하고 정신을 차리면 독서실 총무가 아버지가 찾으러 왔다며 깨우고 있거나 침대 옆에 쭈그려 자고 있었습니다. 그렇게 본 고3 첫 시험에서 전교에서 절반 정도 하던 제 성적표에는 7이라는 숫자가 찍혀 있었습니다.

당시 우열반이 있던 학교에서 저는 당연히 평반이었는데 그날 이후 우반의 전교 1등이 저를 경계하기 시작했습니다. 그날 성적표가 나오고 담임 선생님께서 자랑스럽게 말씀하셨어요.

"우반에 가서 다음 시험은 진현이가 1등 할 거라고 말했다!"

제가 무슨 말만 하면 인생이 바뀐 순간이었다고 하는 것 같기는 하지만.. 그때도 마치 천지가 개벽하는 것 같은 대전환이 있었습니다. 천재라는 말을 듣던 때도 당연히 기분이 좋았지만 노력해서 얻은 열매와 비교해 보면 아무것도 아니었습니다. 아쉽게 1등은 못했지만 처음으로 길이길이 남을 만한 쏟아붓는 노력을 한 자신이 무엇보다 자랑스러웠습니다.

바보처럼 보일지도 모른다는 두려움을 극복해야만 할 수 있던 노력이어서 더 그랬던 것 같습니다. 감옥이 고통스러운 이유는 자유를 박탈당하기 때문인데 노력할 수 있는 자유를 잃었던 저는 마치 출소라도 한 듯한 해방감을 느꼈습니다.

시간이 흘러 강원도 삼척으로 출장을 가던 어느 날, 달려도 달려도 도착하지 않는 고속도로 한가운데서 수만 가지 생각을 하는데 문득 의문이 들었습니다.

"대체 원장님은 왜 내 아이큐가 150이라는 유언비어를 퍼트렸던 걸까?"

그동안 머리가 좋지는 않지만 머리가 좋은 척은 잘한다고 생각했었는데 혹시 정말 아이큐가 150이었던 건 아닐까? 그리고

어느 날 문득 달라지기로 했다

괜히 내 낮은 자존감 때문에 당연히 아닐 거라 생각하고 부모님께 정말 나 그런 사람 맞느냐고 물어보지조차 못했던 건 아닐까.. 그때부터 오타쿠처럼 아이큐에 대해 스터디를 시작했는데,

일반적으로 학교에서 테스트하는 IQ 130이(표준 편차 15 기준) 멘사와 언론에서 사용하는 IQ 148이고(표준 편차 24 기준) 멘사 회원의 최소 자격이었습니다.

그리고 IQ 130 이상의 천재는 의외로 공부를 못하고 학업 성취도를 위한 최적의 아이큐는 오히려 120~129 사이라는 것을 발견합니다. 그렇다면 천재인 제가 공부를 썩 잘하지 못했던 것도 말이 되잖아요?

그러고 보니 위키피디아에서 찾아본 고지능자의 특징 중 저랑 맞아떨어지는 것이 많았습니다. 스포츠에 관심이 없다거나, 사교 활동을 힘들어한다거나..

출장에서 자신감을 충전하고 돌아와 아버지에게 제 아이큐를 기억하시냐고 물었더니,

"음.. 136인가.. 138인가.. 아무튼 엄청 좋다고 했었어." 이러

시는 겁니다.

그래서 그럼 그때는 왜 그 얘기를 안 해 줬냐고 물으니 150은 넘어야 천재라고 생각했는데 본인 기준에서는 수치가 아쉬워서 말을 안 해 주셨다고 하는 겁니다. 그때 전 느꼈습니다. 나의 근자감(근거 없는 자신감)은 이분에게서 왔구나.. 어찌 되었건 멘사 기준으로 환산하면 150이 넘는 건데.. 그냥 부모님께 원장님이 자꾸 천재라고 하는데 어떻게 된 거냐고 한번 물어보면 되는 거였습니다.

그런데 제 열등감으로 확인도 안 하고 속앓이만 했다는 생각에 지난 수십 년의 시간이 허탈하게 느껴졌습니다. 돌이켜 보면 천재일지도 모른다는 가능성과 평범할지도 모른다는 불안감이 마치 쇠사슬처럼 제 인생을 묶고 있었던 것 같습니다. 하지만 당시의 아이큐가 136이 넘는다는 생활 기록부를 확인만 하면 공인된 천재인 것이고, 사실은 제가 미운 오리 새끼가 아니라 백조였음이 입증된다고 생각하니 무척이나 설렜습니다.

어느 학교나 가면 초중고의 생활 기록부를 확인할 수 있다기에 굳이 얼마 전 계약서를 쓴 일원동의 중산고등학교를 찾아가 굳이 저 이 동네로 이사 올 거라고 말하면서 서류를 요청했습니다. 그리고 떨리는 마음으로 기다렸습니다. 사실은 제가 만들어진 천재가 아니라 그냥 타고난 천재였다는 것을 확인하는 순간을요. 그 수치만 눈으로 확인하면 멘사 테스트를 볼 생각이었습니다.

명문대 출신이 아닌 게 못내 아쉬웠는데 멘사 자격증 딱! 손에 쥐고 자연스럽게 "아, 이거 별건 아니고 멘사.." 이렇게 말하는 제 모습을 상상만 해도 세상 행복했고 오히려 S대 출신보다 더 엣지 있어 보일 것 같았습니다.

그런데 제 손에 들어온 중학교 아이큐 검사 내용은 너무도 충격적이었습니다. 도저히 해석이 안 되는 거예요. 종합 점수는 없이 항목별로 숫자가 적혀 있었는데 수치가 너무 들쭉날쭉했습니다. 이리저리 알아보니 그것은 백분율이었는데 사회성 관련 지능이 하위 5%(경계성 지능 수준), 어휘력 관련 지능은 하위 10%였어요.

저는 제가 천재라서 인간관계가 어려운 줄 알았는데 그냥 사회성 지능이 형편없던 것이었고 제가 너무 고급 어휘를 구사해서 애들이 제 말을 못 알아듣는 줄 알았는데 그냥 어휘력 지능이 형편없어서 그런 거였습니다.

3. 출결상황										
학년	수업일수	결석일수		지각		조퇴		결과		특기사항
		질병	사고	질병	사고	질병	사고	질병	사고	
1	225	·	·	·	·	·	·	·	·	개근
2	224	·	·	·	·	·	·	·	·	개근
3	221	·	·	·	·	·	·	·	·	개근

4. 신체발달상황				
학년	키	몸무게	체력급수	특기사항
1	1..	.0kg	5급	
2	1..	.0kg	2급	
3	16..	.5kg	1급	

5. 심리검사상황		
검사명	실시일자	검사결과
진단성지능검사(서봉연)	년 04월 29일	지각속도( )청각기억( )언어추리( )공간시각( ) 상황추리(5)산문처리( ) 남행력(90)산수추리(97) 어휘력(12)
진로탐색검사	년 04월 27일	제1적성(자연과학계) 제2적성(사회과학계)

나를 충격에 빠트렸던 중학교 생활 기록부의 하위 5% 사회성 지능(상황 추리)

매우 뛰어난 파트가 몇 개 있었지만 평균을 내고 환산해 보
니 100 정도였습니다. 솔직히 아무리 안 나와도 수재 수준인
120은 될 줄 알았는데..

그래서 아버지가 기억하시는 수치는 초등학교였는데 138
이 적힌 제 기록이 사라졌고 중학교 때 테스트는 컨디션 난조
로 잘못 본 거라고 정신 승리를 해 봤습니다. 그리고 아는 상담
사님에게 이거 이상한 거 같으니 정식으로 웩슬러 지능 검사를
받아 보면 어떻겠냐고 물었습니다.

그분은 당시 심리적인 문제 등으로 수치가 들쭉날쭉한 것 같
은데 돌려 돌려 말하지만 해 봤자 소용없다는 식으로 말씀을
하셨습니다. 더 이상 충격 받지 말고 그만하라는 말씀으로 받

어느 날 문득 달라지기로 했다

아들였어요. 그때 전 깊은 고뇌에 빠집니다. 안전하게 가려면 한때 머리가 무지 좋았었는데 그 점수가 기록된 생활 기록부 내용이 사라져 버렸고, 어려웠던 가정 형편과 불화로 잠시 두뇌가 혼란하던 시기에 테스트를 봐서 이상하게 봤으니 그냥 난 천재였던 것으로 생각하는 게 최선이었습니다.

그런데 그냥 부딪히고 싶었어요. 천재든, 수재든, 평범한 사람이든지 간에 나는 노력으로 지금 이 자리까지 왔고 앞으로도 그럴 것이다. 언어나 사회성이나 지금 크게 문제가 없어 보이니 얼마나 성장했는지 확인이나 하자. 그리고 더는 과거에 머무르지 말고 오늘을 살자. 원래 얻을 게 없는 싸움을 안 하는 저는 굳이 20만 원이 넘는 돈을 지불하면서 영재반을 들어갈 것도 아닌데 웩슬러 지능 검사를 받으러 갑니다. 오히려 그때 좋았던 수치까지 잃어버릴 각오를 하면서요.

데스크에서 당연히 장애 등급 받으러 온 줄 알았는지 이상한 초기 설문지를 시켰는데 상담사분이 당황하시면서 그만 쓰고 그냥 들어오라고 하셨습니다. 그리고 물으셨어요. 이 검사 왜 받으려고 하시냐고요. 멀쩡해 보이는 직장인이 굳이 이 나이에 받을 테스트가 아닌 건 분명했습니다.

"천재라는 오해를 받고 천재인 척하며 살아왔는데 혹시나 정말 천재였나 싶어 지난 기록을 확인했습니다. 그곳에서 형편없는 사회성과 언어 능력을 보았습니다. 하지만 그간 정말 열심히 살아왔습니다.

그동안 얼마나 성장했는지 확인하고 싶었고, 무엇보다 더는 과거에 머물러 살고 싶지 않았습니다. 평범한 사람으로 판명(?)이 나면 마음이 아프겠지만.. 그래도 이제는 자유를 얻고 싶었습니다. 왜냐하면 전 노력으로 지금까지 왔고 앞으로도 노력하며 살아갈 테니까요. 머리가 좋았다고 하더라도 노력 없이는 결과를 얻지 못했고 좋지 않았다고 하더라도 노력으로 여기까지 왔으니까요."

테스트를 보는데 처음부터 완전히 망했습니다. 오랜 시간 테스트를 보고 썩 잘 나올 것 같지는 않았지만 그래도 홀가분했어요. 떨리는 마음을 안고 결과를 확인했습니다. 어떻게 나왔을까요?

언어 관련 파트는 전부 최우수(멘사급),

"고차원적 지능이 최우수인 점 등을 고려할 때 지적 잠재력은 우수 또는 최우수 수준인 것으로 판단됨."

어느 날 문득 달라지기로 했다

심 리 평 가 보 고 서

Hello Smile Center : Psychological Test Report

- 지 능 평 가 -

이 름	:	이 ▓▓▓▓▓
성 별	:	(M) / F
나 이	:	▓▓▓▓▓
학 력	:	대학원 수료
검 사 일	:	2019년 11월 6일

> K-WAIS-IV로 평가한 내담자의 전체 지능은 █████████
> 만 전반적인 언어성 지능과 동작성 지능이 [우수]수준에 해당되고 있으며, 제시되
> 는 자극 및 단서 간 논리적인 연관성을 추론하는 고차원적 사고 능력의 발휘가
> [최우수]수준에서 우수한 수행을 보이고 있는 바, 내담자가 보유하고 있는 지적 잠
> 재력은 이보다 높을 것으로 추정됨.
> 평가 결과를 구체적으로 살펴보면, 이차적인 교육 및 경험 등을 통해 습득될 수
> 있는 기본 지식 수준이 [우수]수준, 언어 이해력이 [최우수]수준, 어휘 구사력이 [최
> 우수]수준, 언어적인 개념 형성 능력이 [최우수]수준, 시지각적 분석 및 조직화 능
> 력이 [최우수]수준으로 뛰어나게 발휘되고 있음.

떨리는 마음으로 받은 웩슬러 지능 검사 결과-언어 파트가 모두 멘사 급이 되어 있었다.

이렇게요. 검사가 끝나고 선생님은 20만 원짜리 덕담을 해 주셨습니다.

"자기 효능감은 교과서에서만 존재하는 줄 알았는데 실제로 그런 분을 만난 적은 처음입니다. 중년의 초입에 이런 깨달음을 얻으셨다면 앞으로 얼마나 멋진 분이 되실지 기대가 됩니다."

> 기본적인 사회화 기술의 습득 정도를 비롯해 전반적인 사회성 영역과 관련해서는 현
> 재 보편적이고 관습적인 사회적 규칙과 그 필요성에 대해 충분히 이해하고 있으며,
> 익숙하지 않은 일상의 문제를 해결함에 있어서 개인의 과거 경험과 습득된 사회적
> 지식을 적절히 응용해 문제를 다루려는 유연한 문제 해결 방식을 보이고 있음. 특히
> 제반 평가 과정에서 관찰 및 확인된 내담자의 성향적 강점과 관련하여(예, 스스로의
> 강점과 약점에 대해 자각하고 있는 점, 스스로의 능력에 대한 자기 효능감
> (self-efficacy)이 높은 점) 대인 관계를 포함한 사회적인 상황 속에서 기본적인 스트레
> 스의 대처와 적응에 어려움이 크지 않을 것으로 예상됨.

이렇게 하위 5%의 사회성이었던 대인 관계 능력도 객관적으로 개선되었다.

　　　　어느 날 문득 달라지기로 했다

이 결과지를 보여 드리면서 검사를 말리시던 상담사님께 아버지가 들으셨다던 136인가 8인가는 진짜였던 것 같다고 말하자 정말 그랬던 것 같다고 고개를 끄덕이셨습니다. 너무 기분이 좋았어요. 잠재력이 좋게 나와서라기보다는.. 하위 10%였던 것을 10년이 넘는 성실한 삶을 통해 멘사급으로 끌어올렸다는 것이 세상 행복했습니다.

저는 지금도 아이들에게 머리가 좋다는 말은 절대 하지 않아요. 그러면 도전을 하지 않고 계속 머리 좋은 척할 수 있는 쉬운 일만 할 테니까요. 꼭 이렇게 말합니다.

"우아~ 정말 잘하네?
거봐, 계속 반복해서 하니까 잘해지지? 할 수 있다 할 수 있다 하면서 계속 반복하면 잘해지는 거야."

저는 자유인으로 살아가는 게 너무 행복합니다. 천재라는 소리를 들었을 때보다 세련되지는 못하지만 지금이 훨씬 좋아요. 만들어진 천재 시절에는 적이 참 많았는데 지금은 웬만하면 제 성공에 주위 분들도 함께 기뻐해 줍니다.

제가 얼마나 많은 노력을, 안쓰러울 만큼의 인풋을 갈아 넣어 그러한 결과물을 얻었는지 모두가 알기 때문입니다. 계속되는 야근으로 머리가 몽롱한 지금도 제 마음속에 뜨겁게 달아오르는 꿈이 있어요. 아이들에게 이렇게 말할 수 있는 삶을 사는 겁니다.

"아빠처럼 살면 된다."

이 한 마디.. 이 한 마디를 위해 저는 오늘도 살아갑니다. 그렇게 나태해져 가는, 익숙함이라는 악마의 속삭임을 뿌리쳐 가며 살아갑니다. 그렇다면 노력이 중요할까요, 아니면 재능이 중요할까요? 그 해답의 실마리를 풀게 해 주었던 두 권의 책을 독자님들께 추천해 드리고 싶습니다.

무수한 정보의 홍수 속에서 타고난 능력과 무관하게 중심을 잡고 아이들과 함께 성장할 수 있는 방향을 제시해 주었던 명저인 《**평균의 종말**》(토드 로즈 지음, 정미나 옮김, 21세기북스)과 《**그릿**》(앤절라 더크워스 지음, 김미정 옮김, 비즈니스북스)입니다.

어느 날 문득 달라지기로 했다

나를 바꿔 준 순간_03:
정직하게 살아 볼까?

성공에 미쳐 있던 저는 무슨 짓(?)을 해서라도 성공하기로 마음을 먹었습니다. 그것이 사기이든 아니든 중요하지 않았습니다. 어차피 모두가 거짓으로 살아가는 세상이었는데 조금 더 거짓되었다고 해서 무엇이 그리 문제가 될까 싶었습니다. 그런데 다니던 교회 목사님이 설교에서 자꾸 정직하게 살라고 말씀을 하시는 겁니다.

그때 아, 이 목사님이 온실 속에서만 자라서 세상 물정을 참 모르시는구나. 이 험한 세상에서 정직하게 살면 호구되기 딱 좋은데 정직이라니. 말은 언제나 참 쉽지.. 이렇게 생각했습니다. 그런데 그냥 뜬금없이,

"정직하게 살아 볼까?"

이런 생각이 들었습니다. 지금도 대체 제가 왜 그런 생각을 하게 되었는지 잘 모르겠습니다. 정직하게 살아간다는 것은 술을 끊기로 했을 때와 마찬가지로 세상에서의 성공을 포기한다는 것을 의미했습니다. 지금이야 윤리 경영이라는 말도 있고 하지만 20년 전에는 그냥 약육강식의 거친, 마초들의 세상이었으니 말입니다.

그런데 돌이켜 보면 저는 정직하고 싶었던 것 같습니다. 감당하기 어려운 빚을 지고 서울에서 낯선 경기도 땅으로 강제 이주를 해야 했을 때 늘 빚쟁이들의 전화에 시달리면서 부모님이 없다고 거짓말을 해야 했습니다. 그렇게 거짓을 강요당하면서 정직이 얼마나 큰 사치인지 깨닫게 된 것이 아닐까 뒤늦게 생각해 봅니다.

우리는 때로 정직하지 못하고, 매너 없는 사람들을 보면 천박하다고 손가락질을 합니다. 그런데 그 내면을 들여다보면 그들은 부정직과 비매너를 폭력적으로 강요당하고 살아가는 것일지도 모릅니다. 정직과 매너라는 사치를 부리기에는 그분들이 살아가는 세상이 너무 거칠 수 있으니까요. 어찌 되었건 저는 지금도 최고로 사치스러운 하루하루를 살아갑니다. 정직과 매너로 말입니다.

어느 날 문득 달라지기로 했다

그래서일까요? 아내에게 부족한 나를 선택한 이유가 무엇인지 물었을 때 '정직'과 '성실'이라고 답해 주었고 금융권 입사 면접 때도 이 말씀을 드렸습니다.

'정직'과 '성실'.

가끔 답답하고 미련해 보일지라도 묵묵히 이 길을 걸어가려 합니다. 그것이 부족한 저를 거두어 준 아내와 직장에 대한, 그런 제 모습을 믿어 주고 사랑해 주셨던 분들에 대한 도리이기 때문입니다.

일곱 번째 우연:
마지막 순간

"우린 이제는 생활 보호 대상자가 될 수 없단다."

어느 날 어머니가 말씀하셨습니다.

이제는 기초 생활 수급자가 아니라는 말은 무상 급식이 시행되기 전에 급식을 무료로 먹을 수 있고, 의료 보험이 아닌 의료 보호로 단돈 500원에 진료를 받고, 가끔 문 앞에 '정부미'라고 적혀 있는 쌀이 놓여 있고, 겨울에는 난방 보조비를 받을 수 있는 가뭄의 단비 같은 혜택과 헤어진다는 뜻이었습니다. 그리고 그러한 혜택을 받을 때마다 함께 쏟아지던 무시와 경멸의 시선

어느 날 문득 달라지기로 했다

과도 역시 이별한다는 의미이기도 했습니다.

우리 가족이 더는 수급자일 수 없었던 날은 누나가 초등 교사로 임용되던 해였습니다. 그리고 그다음 해에 저는 소위로 임관을 하고 보증금 2000만 원에 월 20만 원짜리 좁디좁은 월셋집에 살던 저희 집에도 조금씩 빛이 보이기 시작했습니다.

집에는 여전히 빛이 많았지만 성실히 살아가는 모습이 괜찮아 보였는지 조건이 좋은 집안의 예비 장모님(?)들이 저를 좋게 보시기도 했고 그 덕분에 집안에 돈은 없어도 남자만 괜찮으면 된다면서 소개를 받기도 했습니다. 그렇게 돈 많은 배우자를 만나 사업을 하겠다던, 그렇게 우리 집안을 일으켜 보겠다던 원대한 계획도 더는 신기루가 아닌 현실로 다가오고 있었습니다.

당시 저는 당연히 성공할 것으로 생각했고 주위에 계신 모든 분도 제가 부자가 되는 것을 겨울이 가고 봄이 오듯 당연하게 생각하고 있었습니다. 중위로 진급을 하고 이제 전역만 하면 세상이 다 내 것이 될 것 같던 어느 날이었습니다. 바람이 유난히 많이 불었던 것으로 기억합니다.

훈련을 시키면서 사고가 많이 나기로 유명한 폭음통을 다루고 있었는데 말이 폭음통이지, 냇가에 던지면 물고기들이 모두 기절해 버려서 손쉬운 낚시가 되고, 철모에 넣어 터트리면 수십 미터가 날아오르는 퍼포먼스가 가능했습니다.

워낙 위험하고 다들 꺼리는지라 교범에서는 석면 장갑을 끼고 긴 젓가락으로 잡아서 터트리라고 나와 있다는데 현실 세계에서 그 말은 학교 폭력을 가해자와 피해자가 슬기롭게 잘 해결하라는 말만큼이나 비현실적이었습니다.

지금 당장 소진해야 할 교탄이 수없이 쌓여 있는데 언제 그걸 젓가락으로 일일이 잡고 있겠어요? 그날따라 유난히 교탄이 많아 쉴 새 없이 터트리던 저에게 조교가 다가와 밝은 목소리로 말했습니다.

"소대장님, 이거 제가 터트리겠습니다~"

당시 불량탄 사고로 적지 않은 장병들의 손가락을 희생시키고 전역을 하게 만든 물건이라 저는 폼 나게 말했습니다.

"○○야, 위험한 건 장교가 하는 거야."

어느 날 문득 달라지기로 했다

당시 보통 재수, 삼수를 한다는 교관 시험을 원샷에 합격하고 크레모아 격발 시범과 수류탄 투척까지 막 끝냈던 저는 두려울 것이 없었습니다. 내가 생각해도 참 멋진 멘트를 날렸다고 생각하고 얼마 지나지 않았을 때였습니다.

어.. 이거 탄이 뭔가 좀 이상한 것 같은.. "펑!!"

"펑!" 하는 폭발음과 함께 귀가 찡하고 눈앞이 하얘지는데 화약 냄새가 진동하면서 탄을 잡고 있던 손에 감각이 느껴지지 않았습니다. 얼굴 앞에서 폭발한지라 제 머릿속에는 좀비처럼 망가진 얼굴, 보이지 않는 눈, 그리고 더는 온전하지 않을 왼손이 떠올랐습니다.

그때 지나간 인생이 주마등처럼 스쳐 갔습니다. 죽기 전에 그런다던데 정말로 짧은 시간 안에 지난 시간들이 필름처럼 주르륵 흘러갔습니다. 그때 탄식하듯 말했습니다.

"아.. 이렇게 끝나 버릴 인생이라면 왜 그렇게 아등바등 열심히 살았을까.. 전역만 하면 세상을 다 가질 수 있을 것 같았는데.. 술 담배는 대체 왜 끊은 거지? 그냥 막살 걸 쓸데없이 열심히 살았구나.. BMW를 그렇게 타고 싶었는데 소나타 한번 못

몰아 보고 장님이 되는구나.. 이제 결혼은 다했구나.. 이런 모습을 대체 누가 사랑해 줄까.."

그렇게 체념이 가득한 탄식을 하는데 전신 화상을 극복하고 희망의 전도사로 살아가는 《지선아 사랑해》(이지선 지음, 이레)의 저자 이지선 씨의 간증을 들었던 것이 떠올랐습니다. 이런 생각을 하는 게 그분에게는 죄송했지만 제 상태가 그분보다 조금은 더 좋을 것 같았습니다. 그리고 이런 모습이라도 그동안의 오만 방자한 삶을 내려놓고 (신앙과 인격적으로) 제대로 살 수 있다면 나쁘지 않은 인생이겠다 싶었습니다.

그리고 그동안 좀 잘생겼다고 외모로 수없이 사람들을 평가했던 것을 회개했습니다. 그렇게 마음을 진정시키고 옆에서 울먹이는 조교에게 말했습니다. "○○야, 괜찮아. 사람이 살다 보면 이럴 수도 있는 거야. 내 주머니에 있는 핸드폰 단축 번호 눌러서 중대장님 연락하고.." 그 와중에도 멋있는 척을 내려놓지 않던 나란 남자.. 당시 우주로 향하던 제 자신감은 이런 국난 극복에도 제법 도움이 되었습니다.

그리고 군 병원을 옮기고 옮겨 분당에 있는 수도통합병원에 도착했습니다. 그곳의 강모 군의관님은 상태가 너무 심각해서 여기서 도저히 손을 쓸 수 없다면서 가고 싶은 병원이 있느냐고 물었습니다. 그때 이 말이 순간적으로 머릿속을 스쳐 갔습니다.

"죽은 자도 살린다는 삼성병원."

삼성병원으로 가는 구급차에서 의무병에게 말했습니다.

하나님께서 반드시 내 눈을 살리실 거라고. 난 아직 '해야 할 일'이 많다고.

앞을 보지 못할 거라는 그 상황에서도 '할 일'을 말하던 저는 정말이지 불쌍한 삶을 살아가고 있었던 것 같습니다. 그날 이후로 10년이 넘는 시간 동안 일원동에 있는 삼성병원으로 진료(임장)를 다녔는데 그런 제가 일원동에 터를 마련한 것은 어찌 보면 당연한 일이었습니다.

순간의 선택이 저를 그렇게 이끌어 간 겁니다. 만약 그날 제가 아산병원이라 말했다면 잠실에, 성모병원을 말했다면 반포에, 분당 서울대병원을 말했다면 분당에 자리를 잡았을 겁니다. 그래서 신혼집을 구하는 분들에게 꼭 이야기해 줍니다. 지금 정하는 그 장소는 그대들뿐 아니라 대대손손 영향을 미친다고요. 마치 연어가 태어난 곳으로 돌아오듯 사람은 익숙함을 찾아오기 마련이라고.

10시간 가까운 수술을 끝낸 후, 안대가 뒤덮인 눈으로 앞을 볼 수도 없었고 턱과 입술을 함께 다친 탓에 빨대로만 밥을 먹으면서 2주 가까이 머리도 감지 못한 채 사치스럽게 1인실에 누워 있었습니다.

병문안을 오신 분들은 걱정스레 말씀을 이어 가셨습니다. 대부분 "이래서 사람 구실을 할 수 있을지 모르겠다.. 아무래도 의안을 껴야 할 것 같은데 젊은 나이에 견딜 수 있을지 모르겠다.."

앞이 안 보이는 거지, 귀가 안 들리는 것은 아니었는데.. 그분들의 걱정을 들으며 입술을 꿰매서 말도 할 수 없던 저는 괜찮다고 전보다 더 잘 보게 될 거라고 노트에 글씨로 적어 드렸습니다. 나중에 들어 보니 당시 병문안을 오셨던 분들은 제가 정신이 좀 어떻게 된 줄 아셨다고 합니다.

어느 날 문득 달라지기로 했다

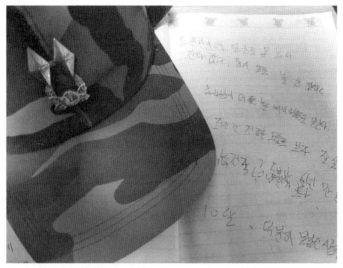
병문안 오신 분들에게 눈을 감고 적어 드렸던 메모 中

그때 제가 간절히 원하던 건 타워팰리스나 BMW가 아니었습니다. 결혼은 당연히 못 할 거라 생각했고,

'정장 입고 출근하는 것.'

그냥 이게 너무 하고 싶었습니다. 그리고 그보다 앞서 머리가 진정 감고 싶었습니다. 눈에 물이 들어가면 안 되는 탓에 2주 동안 참고 참다가 병원 지하에 있던 미용실에 머리를 감겨 달라고 찾아갑니다. 고무장갑을 끼고 머리를 두 번 감겨 주신

미용사님은 만 원을 달라고 하셨습니다.

 당시 물가로 만 원이면 그냥 커트 비용이었는데 마치 오염원이라도 되는 것처럼 뻑뻑한 장갑을 끼고 두 번 감겨 줬다는 이유만으로 만 원이나 받다니.. 어처구니없어서 분노가 확 치솟았을 것 같지만 너무 개운해서 마치 세상을 얻은 기분이었습니다.

 이때 알았습니다. 인간은 제로에서 플러스로 가는 것보다 마이너스에서 제로로 갈 때 더욱 행복을 느끼는 존재구나.. 10년도 더 지났지만 전 지금도 미용실에서 추가 비용 없이 무려 맨손으로 머리를 감겨 주시는 것이 참 감사합니다. 너무 나간 것 같기는 하지만 한 인격체로 존중받는 느낌이 들어서 그렇습니다.

 사실 곰곰이 생각해 보면 당연한 건 하나도 없는 것 같습니다. 우리가 무심코 지나가고 있을 뿐 소위 말하는 '일반인'들이 누리는 일상이 누군가에게는 감격이니까요. 그 후로 안과에서 할 수 있는 거의 모든 종류의 수술을 다했습니다.

 봉합술, 각막 이식, 녹내장, 백내장, 사시 교정.. 그중 각막 이

식은 총 4번을 했고 더 해 봤자 고생만 할 테니 이제는 그만하자는 이야기를 얼마 전에 들었습니다. 한때 기적처럼 회복된 적이 있었지만 한쪽 눈은 거의 보이지 않고 사고 당시 홍채가 거의 사라져 버려 누구보다 눈부신 햇빛을 바라봐야 합니다.

(이전의 어두운 눈을 가져가시고 이제는 남들보다 몇 배는 밝은 세상을 보라고 새로운 눈을 허락하셨다고 생각하고는 합니다.)

아침에 일어날 때면 여섯 종류의 안약을 넣고 자기 전에는 한 개를 더 넣어야 하는데 서로 간격을 5분은 두어야 하다 보니 '어쩔 수 없이' 부지런하고 '어쩔 수 없이' 체계적인 사람이 되었습니다. 넣고 다음 시간 체크하고 중간에 운동하고.. 이런 식으로 살지 않으면 중간에 로스가 너무 많이 생겨 버리니까요. 때로는 이렇게 살아야 하는 게 너무 지겨울 때가 있습니다. 그런데 문득 그런 생각이 들었어요.

"이렇게 귀찮게 안약을 넣어야 하는 이유는 내 눈이 살아 있기 때문"이라고요.

사고 당시 모두가 의안을 껴야 할 거라고 말했습니다. 끼고 있던 안경이 수십 조각으로 부서져 버린 상황에서 그 눈을 지킬 수 있다고 생각하는 사람은 없었고, 저만 마치 정신 나간 사람처럼 볼 수 있다고 말했어요.

그 후 기적처럼 시신경이 살아난 덕분에 일곱 개의 안약을 넣어야 하는 '귀찮은 일을 할 수 있는 자격'을 얻게 된 겁니다. 사실 업무도 그렇잖아요? 그 치열한 입사 경쟁을 통과한 '덕분에' 이토록 '하기 싫은 일을 할 수 있는 자격'을 얻은 겁니다.

집을 사긴 사야겠는데 어떻게 해야 할지 몰라 미치겠다고요? 그래도 집을 살 수 있는 여건이 갖추어졌으니 미치겠는 '고민을 할 수 있는 자격'이 주어진 겁니다. 그래서 전 힘이 들 때면 늘 생각합니다.

"이건 다 지켜야 할 것이 있기 때문이다."

어느 날 안약을 왜 넣느냐는 딸에게 군대에서 폭탄이 터져서 아야 해서 그런 거라고 말해 준 적이 있습니다. 그런데 그 말을 기억했는지 얼마 전에 뜬금없이 저에게 이런 말을 하는 겁니다.

"아빠. 폭탄이 터질 땐~ 집으로 통과해서 들어와야 해. 알겠지?

그러면 아프지 않을 거야. 폭탄이 터지면~.."

이 말을 듣고 홀로 남은 방에서 비가 내리듯 눈물이 주르륵 흘러내렸어요. 그리고 혼잣말을 반복했습니다.

감사합니다.. 감사합니다..

사람 구실이나 할지 모르겠다고 걱정을 하셨는데 취업도 하고, 결혼도 하고 마지막 사랑인 딸과 분신인 아들을 허락해 주신 것이, 주어진 모든 것이 그저 꿈처럼 감사했습니다. 첫 직장에서부터 지금까지 늘 제 책상에 적혀 있는 글귀가 있습니다.

"지금 이 순간 기쁘고 감사할 수 없다면 무엇을 하든 의미가 없다."

언제든 이 세상을 떠날 수 있는 사람인데 그전까지 분노와 원망만 가득 찬 채로 떠나간다면 너무 슬플 것 같습니다. 인생의 마지막 순간에는 이루지 못한 것이 아니라 아등바등 살면서 태워 버린 아까운 순간들만 후회되기 때문입니다.

얼마 전부터 4시 50분 알람에 "꿈의 시작"이라는 이름을 지어 주고 새로운 글귀를 책상에 적어 두었습니다.

"I am walking on the Dream."

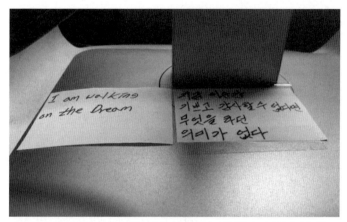

입사 후 늘 책상에 적혀 있는 문구 - 지금 이 순간 기쁘고 감사할 수 없다면 무엇을 하든
의미가 없다. 최근 'I am walking on the Dream.'을 추가했다.

이 글을 쓰고 있는 이 아침에 다시 한번 생각합니다.

지금의 이 일상은 누군가의 도움 없이 잠시도 살 수 없던 그
때 그토록 꿈꾸던 기적 같은 하루라고. 미워하고, 분노하고, 연
연하며 살아가기에는 시간이 너무 아깝다고.

　　　　　　　　　　　어느 날 문득 달라지기로 했다

여덟 번째 우연:
그까짓 인사

"알바 그랜드슬램."

그동안 했던 알바의 숫자를 세어 보니 10개가 넘었습니다. 붕어빵, 전단지, 일식집, 팬시점, 횟집, 경양식, 과외, 학원 강사, 웨딩홀, 일용직, 그림 판매, 호프집, 바텐더, 커피숍, 노래방, 학원 조교..

좋은 것인지 나쁜 것인지 모르겠지만 최근에 저를 만난 분은 좋은 집안에서 태어나 좋은 교육을 받고 좋은 학교에 들어가 좋은 직장에 다니는 전형적인 강남 도련님이라고 생각을 하셨었는데 이런 일들을 했다고 하니 적잖이 당황하셨습니다. 과외 같은 고상한(?) 교육업과는 다르게 다른 알바들을 하면서 그냥 흘려보내기 아까운 깨달음을 얻었고, 리얼 월드가 어떤 곳인지 확실히 알 수 있었습니다.

저희 가정에는 어린 시절 방학이면 친척 집에 가서 며칠씩 머물고 오는 문화가 있었습니다. 제가 머물던 곳 중 하나는 지금은 강남 보금자리가 된 세곡동의 비닐하우스촌이었는데 겉보기와는 다르게 비닐하우스 안의 집은 길고 크면서 부족함이 없었습니다.

그 공간에는 수많은 위인전이 채워져 있었는데 그곳에서 전밥도 안 먹고 하염없이 몇 날 며칠을 책만 읽었습니다. 지금은 미국에 가신 외숙모가 제가 밥도 안 먹고 책만 보니 마음이 불편하다며 보내지 말라고 했었다는 이야기를 나중에 들었습니다. 외숙모의 음식이 입에 안 맞았는지 여기서 이거 못 읽고 가면 집에는 책이 없어서 그랬는지 모르겠지만 책을 읽고 또 읽었습니다.

그런데 위인전마다 공통점이 있었습니다. 그건 위대한 인물들은 하나같이 대략 13세 때 신문 배달을 했다는 겁니다. 우리로 치면 초등학교 6학년쯤 될까요? 모든 것을 다 잃어버린 서울 생활을 정리하고 여전히 빚쟁이들의 전화에 시달릴 때 아버지는 붕어빵 장사를 시작하셨고 당시 4학년이던 저와 추운 겨울에 리어카를 끌고 장사를 하러 떠났습니다.

집에서 파워레인저를 보고 있던 누나가 너무도 부러웠지만 중2병이 오기 전이어서 그랬는지 얼마 전까지 버스에서 양말을 파시던 아버지가 안타까워서였는지 그냥 묵묵히 아버지를 따라나섰습니다. 그런데 그때 든 생각인지 나중에 끼워 맞춘 건지 모르겠지만 위대한 인물이 될 자격을 갖추었다는 생각이 들었습니다.

1) 위대한 인물은 13세에 신문 배달을 시작.
2) 나는 11세에 붕어빵 장사를 시작.
3) 나 또한 위대한 인물이 됨.

뭐랄까.. 성공을 향한 알고리즘의 첫발을 내디뎠다는, 성공을 향한 씨앗이 심겼다는 그런 생각이요.

시간이 흘러 수능이 끝나고 퓨전 일식집에 알바를 구합니다. 2500원을 시급으로 주시던 사장님은 마치 호텔이라도 되는 듯한 퀄리티의 서비스를 요구하셨는데 앞집 떡볶이집에서 일하는 중학생들이 시급 1500원을 받아서 그랬던 건지 예나 지금이나 호구의 기운이 흘러넘치는 저는 또 시키는 대로 다 했습니다.

"저기요 소리 안 나오게 해라."

아이 콘택트를 계속하다가 손님이 부를 것 같으면 달려가라는 의미였고, 어쩌다 여기요 소리가 나오면 나왔다고 닦달하셨습니다. 아니, 손님 입을 틀어막을 수도 없고 이 양반이 그토록 여기요를 말하고 싶다는데 좀 말하게 둬도 되잖아요? 거듭 말하지만 시급이 2500원이었단 말입니다. 그래도 이때 익힌 눈빛을 읽는 능력은 보스들의 마음을 읽는 데 두고두고 도움이 되었다고 생각합니다.

어느 날 여기요 소리를 할 엄두도 못 내게 주문을 받은 후 음식을 내려놓는데 여자 친구와 온 남자 손님이 말했습니다.

"감사합니다."

응? 뭐라고? 내가 제대로 들은 게 맞나? 순간 저는 심히 당황했습니다. 자기 돈 주고 자기가 먹는데 대체 뭐가 감사하다는 거지? 분명한 건 이해는 안 됐지만 그 남자가 참 멋있어 보였다는 겁니다.

이 처자 참으로 멋진 사내를 만났군? 그런 생각이 들었어요.

그날 이후로 전 음식을 받을 때마다 감사하다고 말하기 시작했는데 나중에 알고 보니 훌륭한 사람들은 다들 그러고 있었습니다. 소위 말하는 상류층의 아비투스[HABITUS](아우라)였어요.

어느 날 가게가 있던 시장에 싸움이 났는데 한 아저씨가 식칼을 들고 가게 앞에서 대치하고 있었습니다.

그때 저는 무슨 생각이었는지 밖으로 나가 그 아저씨의 어깨를 움켜잡았는데 순한 양처럼 가만히 계셨습니다. 마치 제가 말려 주길 간절히 원했던 것처럼요. (칼 든 아저씨를 제압한 이때의 일화는 그 가게의 전설이 되었다고 합니다.)

우리는 대부분 고상한 세상을 살아가지만 멀지 않은 곳에 이런 리얼 월드가 있다고, 고객들의 클레임에 기본이 안 돼 있다며 속상해하는 후배들에게 말해 주곤 합니다. 우리의 기본이 지나치게 높은 거지 그들이 이상한 게 아니라고.. 리얼 월드는 원래 그런 거라고 말입니다.

얼마 후 가게 옆에 또 다른 일식집이 생깁니다. 사실 일식집이라기에는 민망한 일식 흉내를 내는 인스턴트였어요. 그래도 신경이 쓰였는지 사장님은 그 가게 돈가스를 드시고 온 후 호탕하게 말씀하셨습니다.

"하! 하! 하! 우리 돈가스가 훨씬 맛있어!
저런 주방장도 없는 가게는 신경 안 써도 되겠어."

그리고 시간이 흘러.. 사장님의 가게가 문을 닫고 주방장도 없는 가게가 살아남았습니다. 그 가게의 이름은 우리에게 여전히 익숙합니다.

미*야였어요.

셔터가 내려가 있는 황량한 나의 첫 알바 자리를 보며 생각했습니다.

어느 날 문득 달라지기로 했다

"개인기는 시스템을 넘어설 수 없다."

지금은 익숙해졌지만 그때가 시스템의 시작이었던 것 같습니다. 애슐*처럼 주방장이 필요 없고 알바가 조리가 가능한, 그러면서도 아웃풋을 안정적으로 복제해 낼 수 있는 그런 시스템이요.

그때의 일은 지금도 저에게 충격으로 남아 있습니다.

실력이 있다고 살아남는 게 아니라 시스템이 필요한 거구나.. 아무리 뛰어난 운동 신경을 가지고 있어도 개헤엄을 친다면 제대로 자유형을 배운 사람에게 이길 수 없다는 걸 깨달았습니다. 그리고 반대로 내가 아무리 타고난 재능이 없어도 제대로 된 시스템을 탑재하고 활용한다면 천재들도 이길 수 있다는, 결국 의식적인 노력이 재능을 뛰어넘는다는 확신을 얻었습니다.

그다음에는 당시 시장 최고가를 쳐주던 무려 시급 3500원의 횟집 알바를 구합니다. 사장님의 문신과 가끔 인사 오는 동생들(?)의 외형, 그리고 그분과 사모님의 말투에서 이분이 전직 조폭이라는 합리적인 의심이 들었습니다. 일을 하면 할수록 괜히 왔다는 생각이 들던 어느 날이었습니다.

"파다닥! 파다다닥! 파닥!"

응? 뭐지? 가게 앞 거리에서 놀라운 광경이 펼쳐지고 있었습니다. 붕장어가 길바닥에서 파닥거리고 있는 거예요. 어떻게 튀어나온 것인지는 모르겠지만 그날은 장사를 안 하는 앞 가게 수조에서 탈출한 것이 분명해 보였습니다. 그때 사장님은 흐뭇한 미소를 지으며 길 잃은 붕장어를 거두어 주셨고 존재감을 잃어 갈등하던 그 녀석은 맛있는 장어구이가 되어 우리에게 작은 감동을 주었습니다.

생선 비린내도 나고 찾아오는 동생들도 무서웠지만 앞집의 붕장어가 이렇게 저의 알바 생활을 축복해 주었고 가끔 조개구이를 나눠 주는 사장님을 보면서 그동안 외모로 판단한 게 조금 미안했습니다. 그래, 알고 보면 나쁜 사람은 없구나..
어느 날은 손님이 이렇게 잘생겼는데 왜 여기서 일을 하고 있냐면서 팁을 주셨습니다.

팁 같은 건 고급 일식집에서나 받는 것인 줄 알았는데 원래 물고기 파는 곳은 다 주는 건가? 시급도 3500원인데 이렇게 팁까지 받으면 금방 부자가 되겠다고 생각하려는 찰나.. 사모님이 그 돈을 낚아채 가며 말합니다.

"호호호~ 이거 제가 가지고 있다가 줄게요~"

그 이후로 여러 번의 팁을 받았지만 한 번도, 단 한.번.도. 저에게 준 적이 없었어요. 그때 붕장어에게 받았던 감동의 물결은 썰물처럼 빠져나가고 붕장어의 축복은 개뿔, 역시 관상은 과학이라고 처음 본 내 판단이 딱 맞았다며 대체 내가 여기 왜 왔을까 후회하며 일을 했습니다. 제가 기억하는 한 최악의 알바였습니다.

사장님과 사모님은 수시로 싸웠고 알바 업무를 넘어 중재와 눈치 보기까지 해야 했는데 가장 이해가 안 됐던 건 사모님이 이렇게라도 매상을 올려야 한다면서 손님과 소주를 드시는 모습이었습니다. 양주로 매상을 올린다는 말은 들었지만 Real이 슬이라니.. 매상이 필요한 것인지 알코올이 필요한 것인지 모르겠지만 그래도 그냥 그러려니 했습니다.

사장님이 날치알을 자꾸 캐비어라고 부를 때도, 아무리 봐도 전복이 없는데 전복죽을 파실 때도 이해해 보려 노력하며 조개불판을 열심히 닦고 있었는데.. "으악!" 순간 허리를 삐끗해 버렸고 그 후로 한 달은 제대로 걷지도 못하고 반년 동안 물리 치료를 받아야 했습니다. 긴 치료 끝에 의사 선생님은 허리 근육 운동 그림이 그려진 종이를 한 장 건네시며 말했습니다.

"할 수 있는 건 다 했습니다. 이제 '이것'밖에 답이 없어요."

마치 무림 비법서라도 건네는 듯 비장한 표정으로 전해 주신 운동법은 지금도 이어 가고 있습니다. 언젠가 또 허리를 다쳐 한의원에서 추나를 받는데 엑스레이 사진을 보여 주더니 척추 측만증인 거 알고 계셨냐고, 더는 해 봤자 소용이 없으니 그만 하자고 하셨습니다. 매상을 포기할 정도니 얼마나 심각한 거겠 어요?

하지만 지금도 그렇게 허리에 안 좋다는 윗몸일으키기를 하 면서 잘 살아가고 있습니다. 인생사 새옹지마.. 다 그때 배운 운동 덕분이라고 생각합니다. 한의사도 포기했던 제가 말씀드 리자면 윗몸일으키기도 보여 주려고 오버하지 않고 자세를 제 대로 잡고 하면 괜찮은 것 같습니다. 플랭크가 좋다는 건 알지 만 사실 재미가 없어서 일반인이 지속하긴 어려우니까요.

그런데 그렇게 허리를 다치고 알바를 그만뒀는데 알바비를 안 주는 겁니다.. 30% 정도만 주고 다음에 주겠다는 거예요. 그 무서운 사장님이요.. 그럼 제가 포기했을까요? 한 달 벌어

한 달 살아가는데 포기를 할 수가 없었어요.. 다행히 첫 시험에 수석을 해서 학비 걱정은 없었지만 당장 '먹고살' 돈이 없었습니다.

그 이후로 여러 번 찾아갔는데 돈 없어서 조개도 못 사는 거 안 보이냐면서 계속 돈을 안 주는 겁니다. 그때 정말 약을 타서 조개들 무지개다리를 건너게 해 버릴까 별생각을 다 했어요. 나중에는 혹시 사장님이 화나서 때리면 합의금이라도 받자는 심정으로 계속 찾아가서 결국 다 받아 냅니다. 그만큼 절박했으니까요.

채권 추심의 세계가 이렇게 힘든 겁니다.. 인간은 원래 남의 돈을 주기 싫어하는 존재인지라 대부업 이자가 높은 건 어찌 보면 당연한 것 같습니다. 그 후로 전 줄 돈은 무조건 빨리 주는 버릇이 생겼습니다. 줄 돈을 들고 있는 것 자체가 그 사람을 참 품격 없게 만드니까요.

시간이 흘러도 그 가게가 있는 골목을 걸어가지도 않고 아무리 큰돈을 번다고 해도 그 지역에는 투자하지 않기로 했습니다. 그래서 기회를 놓쳤다 해도 괜찮습니다. 성공에는 하기 싫은 일을 안 하고, 보기 싫은 사람을 안 볼 수 있는 자격이 포함

되어 있으니 말입니다.

그때 질려 버린 저는 더는 경기도에 머물지 않고 강남에 진출해야겠다고 생각합니다. 바텐더가 그렇게 잘 번다던데 강남 술집에서 일해야겠다는 아이디어가 떠올랐어요. 그런데 웬걸.. 시급이 횟집이랑 똑같은 거예요.. 뭐지.. 팁으로 다 메우라는 뜻인가.. 그러던 중 삼성동 오크우드 호텔에 김*파이브라는 곳에서 서빙 직원을 모집합니다.

당시 유명했던 연예인이 운영하던 가게였는데 이종 격투기를 보면서 식음료를 먹고 모델들이 서빙을 하고 쌓인 마일리지로 카지노를 하면서 트랜스젠더 쇼가 이어지는 당시로서는 혁명적인 매장이었습니다. 시급 4000원을 준다고 했었는데 차비는 남겨야겠다는 생각이 들었는지 500원을 더 달라고 했는데 그걸 또 주신다고 하네요?

역시 강남이구나.. 원정 오길 잘했다고 생각하고 오리엔테이션을 받고 있는데 분명 서빙 알바를 하러 갔지만 잘생겼다고 바텐더로 발탁이 됩니다. 말이 바텐더지 맥주 따르는 사람이었어요. 하지만 나름 권력자였고 일도 수월했습니다. 마침 당시 〈폭풍 속으로〉라는 드라마를 촬영하고 있었는데 출근하면 사장님에게 망고 주스를 따라 주고 출연진분이 와서 밝게 웃으며 음료수 좀 달라고 하면 주고 모델 누나들도 엄청 잘해 줬습니다.

'음료수 권력.'

지푸라기 같은 권력이라도 권력은 권력이었는데 이래서 다들 성공하고 싶어 하나 생각이 들었습니다. 높은 곳에 우뚝 서 있던 바에서 설거지는 컵 세척기 돌려 버리면 됐고 맥주 따르면서 쇼를 구경하고.. 무엇보다 연예인들을 일상적으로 보다 보니 그들에 대한 환상이 깨진 것이 가장 큰 수확이었습니다.

"다 똑같은 사람이구나."

연예인들을 실제로 만나 보니 그냥 다 똑같은 사람이었듯 다른 대단한 사람들도 그냥 별거 없을지도 모른다는 그런 자신감이 그때 생긴 것 같습니다. 그러던 어느 날 점장님이 미안하다고 바에는 남자 한 명만 있으면 될 것 같다며 서빙을 하라고 했습니다. 자리가 나면 다시 복권시켜 주겠다고. 고작 20살의 나이에 좌천을 경험한 겁니다..

아래로 내려가고 나니 연예인들은 말할 것도 없고 그토록 잘해 주던 모델 누나들도 눈길 한 번 주지 않았습니다. 고작 지푸라기 같은 권력 하나를 놓았을 뿐인데 너무도 다른 세상이 펼쳐졌어요. 아무래도 이건 좀 아닌 것 같아서 그만둔다고 말하고 이유를 생각했습니다.

나는 왜 내려와야 했을까.. 당시 정말 오만이 하늘을 찌르던 시절이었는데 22살 정도까지는 형이라고 생각을 안 했습니다. 나보다 생물학적으로 더 많이 살기는 했지만 제가 더 성숙하다고 생각했어요. 그래서인지 같이 일하던 군대 다녀온 형을 너무 막 대했었는데 바 누나들에게 총애를 받던 그 형이 민원을 넣은 것 같다는 결론에 이릅니다. 그리고 늘 듣던 이야기가 생각났어요.

"진현아, 인사 좀 해라."

그까짓 인사가 뭐 그리 중요하다고 자꾸 인사하라 말라 하는지 이해가 안 됐어요. 그런데 그 소중한 꿀 보직에서 강등을 당해 보고 나니 '그까짓 인사'를 해결해야겠다 싶었습니다. 이걸 극복하지 않으면 그토록 꿈꾸던 성공을 붙잡을 수 없겠다는 그런 현실적인 두려움이 엄습해 왔습니다.

어느 날 문득 달라지기로 했다

그때부터 어금니를 물고 인사를 하기 시작합니다. 인사 잘하시는 분들이야 그거 뭐 그리 어렵냐고 하실지 모르겠지만.. 저처럼 안 하던 사람에게는 참 힘든 일이었습니다. 그게 그렇게까지 중요한지 모르니까요. 인사하라고 하면 별거 아닌 거로 꼰대질을 한다는 생각이 드니 말입니다.

그렇게 인사를 하다 보니 나만 인사를 하고 상대방이 받아주지 않는 경우가 종종 생겼습니다. 기분이 참 별로였어요.. 그제야 알았습니다.

"아.. 이래서 사람들이 나를 그렇게 재수 없게 생각했구나.."

그리고 인사를 잘하려면 내 인사가 무시당하는 것을 감수해야 한다는 걸 깨달았습니다.

그렇게 다른 마인드를 탑재하고 전에 주방에서 일하던 삼성역 KT&G 본사 톱층에 있던 웨딩홀에 서빙 알바로 들어갑니다. 홀의 큰형님은 진현이가 서빙으로 오더니 바로 상황 파악하고 적응한다고 칭찬해 주셨습니다. 주방에서 그렇게 재수 없었는데 인사를 잘하게 되었다는 뜻이었어요.

고려 노비 만적이 왕후장상의 씨가 따로 있느냐고 외쳤듯이, 인사 잘하는 유전자가 따로 있는 게 아니었습니다. 그냥 꾸역 꾸역 하다 보니 살아생전에 깍듯하다는 말도 듣게 되었습니다. 나름 겸손한 아이가 되어 음식을 나르던 어느 날이었어요. 대체 왜 그랬는지 와이셔츠를 입은 손님 앞에 깍두기를 흘려 버립니다.. 순간 제 입에서 방정맞게

"세탁비 드릴게요."

이 말이 튀어나왔습니다.

막상 깍두기가 묻은 손님은 가만히 있는데 옆에 있는 친구가 "야~ 받아~" 이러고 있는 거예요. 한 대 콱 쥐어박고 싶은 그런 스타일 있잖아요? (아저씨.. 저 그 세탁비 주면 살아갈 돈이 없단 말입니다..) 다행히 매니저님이 수습해 주서서 그 사건은 정리가 되었습니다.

그리고 몇 년 후 소위 말하는 개룡남 직장인이 되어 삼성역에 있는 그랜드 인터컨 호텔에 동기 모임을 하러 갑니다. 저녁을 잘 먹고 있는데 웨이트리스가 제 바지에 맥주를 쏟아 버렸습니다.. 그분은 제 앞에서 어쩔 줄 몰라 하셨어요. 그도 그럴

어느 날 문득 달라지기로 했다

것이 바지가 정말 다 젖어 버린 거였습니다.

그 순간 본능적으로 수년 전 깍두기를 흘렸던 그날이 떠올랐어요. 그리고 괜찮다고 말하고 혹시라도 그분이 계속 마음이 불편할까 봐 화장실에서 대충 닦고 그냥 집으로 떠났습니다. 가는 길에 제가 기분이 어땠을까요? 오랜만에 동기들 만났는데 바지가 젖어서 짜증이 났을까요?

아니요.. 너무 행복했어요.. 자비를 구해야 하는 처지에서 관용을 베풀 수 있는 사람이 되었다는 것이 정말 날아갈 듯이 기뻤습니다. 트럼프 당선을 무엇보다 잘 설명해 준 책이라 평가받는 **《힐빌리의 노래》**(J.D.밴스 지음, 김보람 옮김, 흐름출판)에 이런 말이 나옵니다. (우리로 치면 흙수저의 노래쯤 됩니다.)

"도움을 받는 입장에서 주는 사람이 된 사람은 다시는 예전으로 돌아가지 않는다."

저도 그렇습니다. 제가 제일 좋아하는 취미 생활 중 하나가 밥을 사는 겁니다. 언제나 도움만 받고 살던 제가 누군가에게 베풀 수 있다는 거.. 그것만으로도 오후가 풍성해지는 느낌이 들기 때문입니다.

20살 때 어머니와 새벽 전철을 타고 출근했던 KT&G 본사

어느 날 문득 달라지기로 했다

나를 바꿔 준 순간_04:
내가 100점 맞으면 되는 거 아닌가?

잠시 모범생 모드였던 중1 시절, 아이들이 종종 필기한 노트를 빌려 달라고 했습니다. 그런데 그럴 때면 전 매몰차게 자르며 말했어요.

"노력이 아깝잖아."

내가 고생하면서 필기한 노트를 거저먹으려(?) 하는 게 참 마음에 안 들었습니다. 그런 모습이 참 밉상이었는지 친구들이 "노력이 아깝잖아~" 이러면서 비아냥거리던 기억이 어렴풋이 남아 있습니다.

시간이 흘러 고등학생이 되었는데 한창 핸드폰 커닝이 유행했습니다. 다들 커닝을 하는데 나만 뒤처지면 안 되겠다는 지금 생각하면 어처구니없는 생각이 들었습니다. 아.. 이거 어떻게 하지 커닝을 하기는 해야겠는데 용기도 없고.. 그러다 문득 고등학생치고는 기특한 생각을 하게 됩니다.

잠깐만.. 커닝해서 도움이 조금 될지는 몰라도 1등을 할 수는 없잖아? 그렇다면 그렇게 억울해 할 필요 없이 그냥 공부를 하면 되겠구나. (물론 깨달음만 얻고 공부를 하지 않았다는 게 함정이긴 합니다.) 그렇게 마음의 평안을 얻고 대학생이 되었습니다.

수업을 열심히 들어서인지 대학생이 되어서도 노트를 빌려 달라는 분들이 종종 있었습니다. 그런데 당연히 그런 생각이 들잖아요? 이 노트 빌려 가서 나보다 더 시험 잘 보면 어떡하지…. 남의 촛불을 불어 끈다고 내 촛불이 더 밝게 빛나는 건 아니지만 이 촛불이 그냥 나보다 훨씬 밝게 빛날 수도 있는 거 아닌가?

중학교 때와는 다르게 사회성이 나름 발달한 저는 마지못해 노트를 빌려주기는 했는데 내키지는 않았습니다. 그런데 말입니다. 번뜩이는 아이디어가 제 머리를 "쾅!" 때렸습니다.

"잠깐만.. 내가 100점 맞으면 누가 몇 점을 맞든 상관없는 거잖아? 그리고 내 노트를 빌려 가는 사람들(카피본)은 나(오리지널)를 이길 수 없는 거 아닌가?"

그 생각이 든 이후로 편안하게 제가 정리한 자료는 무엇이든 보여 줬습니다. 심지어 적극적으로 말입니다. 저는 어차피 100점 맞을 거니까요. 오죽하면 취업 면접에 가서도 제가 정리한 자료를 옆자리 사람들에게 다 보여 줬는데 그 모습이 의아했는지 우연히 같은 학교인 걸 알았던 후배가 물었습니다.

"다른 데 다 붙고 여기는 놀러 오셨죠? 맞죠?"
"아뇨.. 저 서류 다 떨어지고 이제 막 면접 보기 시작했는데요?"

첫 직장에 들어가서는 인사팀 과장님이 모두가 모인 오리엔테이션 자리에서 저 직원은 면접 볼 때 옆자리 사람한테 자료를 다 보여 준 사람이라며 칭찬해 주셨는데 아마도 그 모습이 그분으로서는 충격이어서 그랬던 것 같습니다. 그 덕분일까요? 이후로도 인사팀분들과는 좋은 관계를 유지할 수 있었습니다. 바른 가치관이라는 것은 그런 것 같습니다. 당장은 손해 보는 것 같지만 찝찝함이 아닌 개운함을 남기고, 때로는 좋은 결과로까지 이끌어 가는 것이요. 좋은 결과가 안 나오면 또 어떤

가요? 옳은 길을 택했을 때 이미 우리는 보상을 받은 겁니다.
즐거운 기분 혹은 빛나는 관상이나 아우라로 말입니다.

어느 날 문득 달라지기로 했다

아홉 번째 우연:
촌철살인

"불가능은 소심한 자의 환상이요 비겁한 자의 도피처이다."
- 나폴레옹

돌이켜 보면 정말 대단한 것이 직장 생활을 하시던 어머니는 매일 따듯한 아침밥을 챙겨 주셨는데 항상 틀어 놓으시던 스포츠 뉴스의 클로징 멘트로 나오던 그날의 명언이 참 좋았습니다. 늘 새로운 명언을 듣지만 어떤 문구는 그저 흘려보내기에는 너무 아까워서 수없이 곱씹으며 머리에 새겼습니다.

외울 때가 있고 새길 때가 있는데 기억에 새길 때는 머리에 있는 돌에 정으로 때려서 글씨를 쓴다는 마음으로 촤라라락 그 문구를 반복했습니다. 그렇게 새겨진 나폴레옹 형님의 이 멘트는 기적 같은 성적 향상으로 교내 신문에 저의 스토리를 적을 때 마지막 문장으로 들어갔었는데 옆 학교 여학생이 그 기사를 읽고 저를 소개해 달라고 한 적이 있었습니다.

비록 미성년자이지만 성공에 정신이 나가 있던 저는 "여자 친구 같은 거 만들 시간은 없고 친구라도 괜찮다면 만날게."라는 어처구니없는 멘트를 날립니다. 그 후에 내가 대체 무슨 짓을 한 거지 싶어 아니라고 내가 잘못 생각했다며 그 아이를 만나게 해 달라 말했지만 이미 그녀의 마음은 차갑게 식어 버렸고 역시 기회는 왔을 때 잡아야 한다는 식상하지만 통렬한 깨달음을 얻습니다.

잠시 이야기가 옆길로 샜지만 우연히 읽은 책 한 권이 인생을 바꾸듯 우연히 들은 한 문장이 인생을 바꿀 수 있겠다 싶었습니다. 그런데 문제는 대부분의 자기 계발서와 같이 날카로운 경구로 상대편의 급소를 훅 찌르는 촌철살인의 명언도 단지 그 순간의 감동으로 끝난다는 겁니다.

어떻게 하면 이 감격을 이어 갈 수 있을까? 고민 끝에 선택한

어느 날 문득 달라지기로 했다

방법은 '반복'이었습니다. 인상적인 문구와 삶에서의 깨달음을 A4 한 장에 적어 화장실 문에 붙여 두고 양치할 때마다 반복해서 읽었습니다.

아버지는 제가 20살 때 필리핀으로 전업 봉사 활동을 떠나셨습니다. 단돈 4만 원을 가지고 100kg의 짐을 끌고 공항에 가셨는데 지금은 상상도 할 수 없는 일이지만 주위 분들에게 부탁해서 그 짐을 다 실어 보냈습니다.

공항에 갈 때마다 그런 일이 반복되는 게 숨 막혔던 저는 더는 공항 의전은 안 하기로 다짐하고 택시에 짐을 싣는 것만 도와 드리고 있었는데 물품 중에 도저히 들어가는 게 불가능해 보이는 긴 나무가 있었습니다. 당시 안 돼요를 입에 달고 살던 저는 말했습니다.

"아빠, 이건 진짜 안 돼요."

"야! 너 이거 되면 다시는 안 된다는 말 하지 마라!"

그때 전 호기롭게 그러겠노라고 답했습니다. 이 작은 택시에 담기에는 이 나무가 말도 안 되게 컸으니 저는 당연히 안 담길이 나무를 집에 도로 가져갈 생각만 하고 있었습니다. 그런데 이게 웬일인가요.. 이 엄청나게 큰 나무에 비해 강아지 집처럼 작아 보이던 트렁크에 이게 들어가네요? 약속을 목숨처럼 지키던 저는 명언 리스트에 한 줄을 추가합니다.

"아버지의 나무를 언제나 기억해라."

다시는 안 된다는 말을 안 하겠다는 다짐이었습니다.

내기에서 진 저는 안 된다는 말을 하면 안 되는 거니까요. 가끔 부동산 상담을 해 드리고 헤어지는 분들이 "만약 안 되면.." 이란 말을 꺼내는 순간 저는 단칼에 자르고 말합니다.

"그 말씀 취소하세요. 다음엔 저랑 계약서 들고 만나는 겁니다?"
(그 후 그분은 3일이 채 지나기 전 계약서 사진을 카톡으로 보내오게 됩니다.)

살다 보면 너무 무례한 사람들을 마주할 때가 있습니다. 그들에게 가시가 돋친 말을 들을 때면 우리 마음은 너무 아파서 울부짖고는 합니다. 억울함이 막 밀려와서 개싸움(?)을 해서라

어느 날 문득 달라지기로 했다

도 혼내 주고 싶은 마음이 영혼을 좀먹어 가는데 이건 뭐 약도 없고 주위 사람에게 말해도 그때뿐이고 간신히 마음을 정리했다 싶으면 또 다른 무뢰한이 등장합니다.

이럴 때 내 마음을 붙잡아 줄 문구는 없는 걸까? 아무리 생각해도 떠오르지 않아서 그냥 제가 명언 제조기가 되기로 합니다.

"너가 화를 내는 순간 그 사람은 불쌍한 사람에서 대단한 사람이 된다." - 이진현

저를 화나게 하는 그 사람은 그런 성향으로 인해 분명 어딘가에서 손해를 보고 있을 테니 참 불쌍한 사람인데 저를 화나게 만든다면 이렇게 훌륭한 나를(응?) 화나게 했으니 대단한 사람이 되어 버린다고 생각을 했습니다. 굳이 불쌍한 사람을 대단한 사람으로 만들어 줄 필요가 없잖아요?

이렇게 만든 저의 명언도 리스트에 추가하고 영감이 떠오를 때마다 명언을 만들어 설파하니 어느덧 명언 폭격기가 되어 있었습니다. 난감한 상황이 닥쳐오면 그동안 모아 둔 명언을 미사일 발사하듯 쏘아 버리면 되는 것이었습니다.

저의 입대일이 다가오자 초등 교사가 된 누나는 카드를 긁어 온 가족에게 필리핀 여행을 선물해 줬습니다. 부끄럽지만 당시에는 그걸 당연하게 생각했었는데 시간이 한참이 흘러서야 누나가 얼마나 큰 희생을 했던 것인지 알 수 있었습니다. 가난이 그래서 참 무서운 것 같습니다. 받는 걸 너무도 당연하게 만들고 감사를 인지하지도 못하게 하니까요.

그곳에서 골프를 처음 쳐 봤는데 1시간 넘게 칠 수 있는 공한 박스가 단돈 2천 원이었습니다. 몰랐는데 한참을 치다 보니 재능이 있네요? 축구할 때는 개발이라고 그렇게 욕을 먹었는데.. 역시 나는 이런 고급 스포츠가 어울린다고 생각하며 열심히 아이언을 때리고 있는데 티칭 프로가 와서 무엇을 원하는지 물었습니다.

"기본을 익히고 싶습니다."

그러자 그분은 거들먹거리며 말했어요.

"기본? 기본이 뭔데? 골프에는 136가지 포인트가 있어. 하나만 집중해라.
공만 봐. 두 개 이상 생각하면 모두 놓친다."

이제 와 생각해 보면 그분도 잘 몰라서 그냥 막 던진 것 같은데 어찌 되었건 큰 감명을 받고 그 문구도 명언 리스트에 올립니다. "하나에 집중해라. 두 개 이상 생각하면 모두 놓친다."

어느 날 결혼을 앞두고 고등학교 은사님이 저녁을 사 주셨는데 대화 중 "살다 보니 집도 있고 차도 있더라. 너무 아등바등 살지 않아도 된다."는 말씀을 하셨습니다.

천당 밑 분당에 자가로 살면서 그랜저를 모시는 분이 순자산마이너스 6천으로 결혼을 준비하는 저에게 이런 말씀을 하시니 수능을 한 달 앞두고 재수할 생각 없냐고 물어보셨던 날만큼이나 어처구니가 없었습니다. 존경하는 선생님이지만 너무아무 말 대잔치를 하시는 거 아닌가.. 그런데 인생은 꼭 산술적으로만 흘러가지 않는다는 것을 보여 주듯 시간이 지나서 정말그분의 말씀처럼 되었습니다.

그리고 인도네시아로 장기 봉사 활동을 떠나시는지라 다시는 못 볼 거라 생각하셨는지 의미심장한 말씀을 해 주셨습니다.

"진현아. 누군가가 너를 좋아한다면 지금 너의 모습 때문일 거야.

　변하지 말아야 한다?"

　당연히 명언의 전당에 올라간 이 문구는 두고두고 여운을 남
겼습니다. 변하지 말아야 한다.. 변하지 말아야 한다.. 특히 분
에 넘치는 인정이나 칭찬을 받을 때면 이 말씀을 여러 번 곱씹
어 봅니다. 누군가가 나를 좋아한다면 지금의 모습 때문이니
변하지 않아야 한다고, 취하지 말아야 한다고, 정신을 놓지 말
아야 한다고.

양치할 때마다 읽는 화장실 벽의 명언의 전당 문구들

　책이나 TV에서 본 명언이나 살아가면서 얻은 깨달음들을 하
나하나 A4에 모으다 보니 어느덧 3장이 되었습니다. 말씀드렸
던 화장실 벽에 붙어 있는 명언의 전당 문구들인데 인위적으로

　　　　　　　　　어느 날 문득 달라지기로 했다

가공하지 않고 매일 반복해서 보는 순서대로 담았습니다.

  때로는 위대한 성인들이 말씀하신 멋들어진 위대한 말보다 나의 삶에서 얻은 깨달음을 반복해서 보는 것이 더 의미가 있는 것 같습니다. 정말 아무것도 아닌 듯한 이야기까지 있는 그대로 넣었는데 독자분들 모두 투박하더라도 누구보다 아름다운 자신만의 명언의 전당을 만드시길 바라기 때문입니다.

  ◇ 내가 틀릴 수도 있다는 생각을 항상 한다.
  ◇ 절대 비난하지 않는다. (100명 중 99명은 자신이 옳다고 믿는다.)
  ◇ 더 나은 이에게 자극을 받아라.
  ◇ 물건은 항상 같은 자리에 놓는다.
  ◇ 항상 긍정적인 생각과 미소를 가진다.
  ◇ 시작했으면 끝을 본다.
  ◇ 주기적으로 안부를 묻는다.
  ◇ 이름을 외운다.
  ◇ 100원을 소중히 한 사람이 부자가 됐다는 생각을 한다.
  ◇ 항상 먼저 인사하는 습관을 가진다.
  ◇ 경청하고 상대방의 이야기를 꺼낸다.
  ◇ 상대방이 중요한 인물임을 느끼게 한다.

◇ 자존심만이 능사가 아니다. 큰 것을 위해 버릴 줄 알아야 한다.

◇ 발음을 정확히 한다.

◇ 만만하게 보여도 윗사람을 깍듯이 대한다. (분명 배울 점이 있다.)

◇ 물어보는 것을 성실히 답한다.

◇ 싫어하는 사람이 좋아하게 만들어라.

◇ 비난받는 이에게 손을 내밀어라. 그가 성공했을 때 잊지 못할 것이다.

◇ 아버지의 나무를 언제나 기억하라.

◇ 충고는 언제나 경청하라. (비록 이미 아는 것일지라도.)

◇ 잘못을 지적하기 전에 칭찬으로 시작하라.

◇ 좋은 책은 3회 독을 기본으로 한다.

◇ 일주일에 한 번씩 정리한다.

◇ 부드러운 어조로 충고를 한다.

◇ 자연스러우면서도 자신감 있는 자세를 가진다.

◇ 남의 촛불을 불어 끈다고 당신의 촛불이 밝게 빛나는 것은 아니다.

◇ 지금 자면 꿈을 꾸지만 지금 책을 펴면 꿈이 이루어진다.

◇ 작은 이익에 너무 집착하면 큰 이익을 얻을 수 없다. 그러나 작은 이익을 너무 많이 포기하면 큰 이익은 찾아오지

어느 날 문득 달라지기로 했다

않는다.

◇ 성공한 과거가 미래를 망친다.

◇ 진리는 짧게 답하고 허위는 길게 변명한다.

◇ 누구나 자신이 후회할 것을 안다. 다만 이렇게 후회할지 모를 뿐이다. - 진현

◇ 들꽃은 아무 데서나 피지만 아무렇게나 살지는 않는다.

◇ 가르치려고 배워라.

◇ 눈에 보이는 것만이 진실은 아니다.

◇ 사막을 건너는 건 잘생긴 사자가 아니라 못생긴 낙타다.

◇ 경쟁자가 아니라 목표를 향해 달려가라.

◇ 가진 것이 적다면 적은 것으로도 행복할 수 있음에 감사 하라. - 진현

◇ 젊었을 때 과시하지 말고 한 푼이라도 모아야 부자가 될 수 있다.

◇ 너가 화를 내는 순간 그 사람은 불쌍한 사람에서 대단한 사람이 된다. - 진현

◇ 벽돌이 쌓인다고 집이 되는 것이 아니듯이 시간이 지난다 고 인생이 만들어지지 않는다.

◇ 용기는 두려움을 모르는 것이 아니라 극복하는 것이다.

◇ 노력해서 바꿀 수 있는 일에 대해 고민해라. - 진현

◇ 무슨 일이 싫어질 때 왜 시작했는지 생각하라. - 진현

◇ 9999번의 전구를 발명하지 않는 법을 발견했을 뿐. - 에디슨

◇ 위인전을 쓰듯이 살아가라.

◇ 무슨 일을 하든지 경영자라 생각하라.

◇ 불가능은 소심한 자의 환상이요 비겁한 자의 도피처이다.
  - 나폴레옹

◇ 할 수 있다고 생각하던 없다고 생각하던 당신은 옳소.
  - 포드

◇ 경건한 것은 위선이 아니라 선택이다.

◇ 누군가 너의 단점을 지적하면 한참을 고민하다가 해 준 '충언'이다.

◇ 충고해 주는 친구가 정말 귀한 친구다.

◇ 누구를 정죄할 자격이 없다.

◇ 수입이 아니라 저축을 통해 부자가 된다.

◇ 지독하게 절약하고 저축하지 않았던 창업자는 없다.

◇ 최악의 상황도 최선으로 만들어라. 모든 것은 관점의 차이일 뿐이다. - 진현

◇ 8잔 이상의 물을 마셔라.

◇ 직접 물어본 것만 대답하라.

◇ 주기적으로 다른 분야의 사람을 만나서 배워라.

◇ 잘 때는 오늘 만난 사람들의 이름을 외운다.

어느 날 문득 달라지기로 했다

◇ 성공한 사람들의 충고만 받아들여라.

◇ 실수했다면 새로운 것을 배웠다는 사실에 감사하라.

◇ 나머지 70년을 위해 10년을 투자해라.

◇ 널 비난하는 사람이 자녀의 등록금도, 부모님의 용돈도 주지 않는다는 사실을 명심해라.

◇ 지금 당장 필요한 것을 사라.

◇ 성공한 사람들은 그렇지 않은 대부분의 사람들이 싫어하는 일도 기꺼이 할 준비가 되어있는 사람이다.

◇ 무슨 일을 할 때 달성의 기쁨과 못했을 때의 고통을 함께 생각하라.

◇ 준 것이 받은 것보다 많게 하라.

◇ 정답은 존재하지 않는다. 최선의 답이 있을 뿐, 무엇이든 희생이 따른다.

◇ 세계를 이끌 리더다운 가슴을 가져라. 네가 이해 못 할 일 같은 건 존재하지 않는다.

◇ 최단 시간에 경제적 에어백을 만들어라.

◇ 100원을 쓰더라도 그 돈의 한 달, 나아가 20년의 가치를 생각해 봐라.

◇ 모든 조건이 다 갖추어질 수는 없다. 그 상황에서의 best 를 찾아라. - 진현

◇ 자유는 자신이 계획한 것을 실현하기 위해 절제할 수 있

는 능력이다.

◇ 칭찬과 격려의 입술이 돼라. 비판은 너 말고도 해 줄 사람이 많다.

◇ 결과물이 다른 이에게 돌아가도 내게는 '믿음'이 남는다.

◇ 136가지 포인트 중 하나에만 집중해라. 두 개 이상 생각하면 모두 놓친다.

◇ 아들이 잘되는 것이 아버지의 영광이다.

◇ 누구는 공을 줍고 누구는 친다. 어느 편에 서겠는가.

◇ 결코 타협하지 마라. 절대 안 되는 일 따위는 없다.

◇ 한계란 없다. 단지 인간이 편의를 위해 정해 놨을 뿐이다.

◇ 프로와 아마추어의 차이는 지루함을 견딜 수 있는가이다.

◇ 친절하기 위해 최적의 상태를 유지해라.

◇ 아무리 우스워 보이는 사람도 진심으로 존중해라. 하나님이 창조하셨다.

◇ 비전은 도와줄 사람을 끌어당긴다.

◇ 몸 핑계 댈 필요 없다. 단지 약간 불편할 뿐이다.

◇ 누군가 널 좋아한다면 지금 너의 모습 때문이다. 변하지 마라.

◇ 원하는 게 무엇인지 결정하고 선택과 집중을 해라. 결코 '완벽'은 존재하지 않는다.

◇ '필드'에 나가야 무엇을 연습해야 하는지 알 수 있다. 필드

어느 날 문득 달라지기로 했다

마인드로 살아라.

◇ 중요한 것은 선택과 대가 지급이다.

◇ 지지 않는 것은 나에게 달려 있다. 그러나 이기는 것은 상대방에게 달려 있다.

◇ 공부에 있어서 만큼은 너의 방식이 옳다. 평일은 미쳐라.

◇ 영원한 것은 없다. 찬란히 빛나던 태양도 바닷속으로 진다. 지금의 이 고통도 영원하지 않다. 얼마 전의 그 행복이 영원하지 않았듯이. - 진현

◇ 숲을 가꾸려고 하지 말고 나무를 심어라.

◇ You가 서울대에 못 가면 게으른 거예요. - 서원장님

◇ 생각하는 대로 살지 않으면 사는 대로 생각하게 된다.

◇ 하나님을 온전히 믿는 것 모든 것을 다 놓쳐도 붙잡아야 할 한 가지.

우연의 완성:
자율 주행

"새벽 4시 50분."

'꿈의 시작'이라는 이름의 알람이 울리기 시작합니다.

예전 어느 카이스트 교수님의 공부법에서 배운 대로 종아리부터 머리까지 몸을 톡톡 두드리며 잠든 신체를 깨우면서 말합니다.

"오늘도 이렇게 귀한 하루를 허락해 주시니 감사합니다.
일용할 은혜를 주시고 우리 가족을 주의 은혜로 덮으소서."

어느 날 문득 달라지기로 했다

그리고 1번 안약을 넣고 침대를 정리하고 물을 한 잔 마신 후 2번 안약을 넣고 디스크 치료 후 배운 허리 코어 운동을 시작합니다. 3번 안약을 넣고 간고등어 코치님 책에서 배운 웨이트 시작 전 스트레칭을 한 후 한때 만병통치 운동으로 각광을 받았던 '접시 돌리기'를 합니다.

'접시 돌리기'가 무엇인고 하니 하는 모습이 그다지 우아하지는 않지만 류머티즘성 관절염 극복 등 그 어떤 운동법과 비견해도 부족함이 없는 훌륭한 마성의 운동법입니다. (방법은 유튜브 참조.) 유일한 단점이 볼품없다는 것인데 방에서 조용히 몰래 하면 이만큼 좋은 운동이 없으니 강력히 추천 드리며, 특히 유아를 키우시는 분들은 아이들이 웃으면서 열심히 함께 따라 해 주니 요즘 같은 집콕 시대에 더욱 유익한 운동법이라 할 수 있겠습니다.

이어서 8글자 구호와 함께 팔굽혀펴기 세트 운동을 시작합니다.

"정말로멋있는남자(8)" 하나,

내가 되고 싶은, 혹은 이루고 싶은 8가지 글자를 만들어 세트

화시키면 마치 우리 뇌는 8개를 1개를 했다고 인식해서 운동에 대한 부담을 줄이고 매일 매일 나에게 말해 준 이 자아대로 살아가게 되는데 스트레칭과 접시 돌리기를 할 때도 이 문구를 속으로 말해 줍니다.

이렇게 팔굽혀펴기는 3(24), 3(24), 2(16) 총 64회, (중간에 스쿼트 2(16)회)

윗몸일으키기는 5(40), 5(40), 5(40), 5(40) 총 160회를 하는데,

더 늘리지 않은 건 시간도 오래 걸리고 보디빌더가 아닌 일반인에게는 이 정도 운동으로 만들어진 핏도 충분하기 때문입니다.

운동하면서는 영어 MP3를 틀어 놓는데 길벗 출판사에서 나온 **《영어 회화 핵심패턴 233》** 시리즈류를 선호합니다. 한글 한 번 영어 한 번 읽어 주는 방식이라 굳이 책을 읽지 않아도 가볍게 들을 수 있고 47개씩 월~금 요일별 폴더에 나눠 담아 반복하면 집중하지 못해 놓치던 부분도 어느 정도 해결이 됩니다.

이렇게 해 봤자 무슨 큰 도움이 되겠냐 싶으실 수도 있지만

어느 날 문득 달라지기로 했다

과도한 목표에 대한 압박으로 0%가 되는 것보다는 지속해서 2%라도 이루고 그것을 50번 반복하여 100%가 되는 것이 더 낫습니다. 그러려면 몸에 힘을 좀 빼고 쉬운 방법을 택해야 합니다.

무엇이든 시작 전에 '각오'가 필요하면 지속하기가 어려운데 '지속 가능성'이 없다면 설사 오늘 100점을 맞더라도 내일은 0점이 되어 버리니까요.

그것이 제가 피트니스 센터보다 도구를 사용하지 않는 홈트를 선호하는 이유입니다. 특히나 포스트 코로나 시대에 홈 다이닝, 홈 카페, 홈 오피스, 홈 피트니스가 대세가 될 것이고 이 흐름에 맞추어 층간 소음 없는 중대형 주상 복합을 선호하게 될 것이라고, 나의 선견지명을 믿으라며 세상이 내가 옳았음을 알게 될 거라고 아내에게 늘 강조를 하는 저입니다.

원래는 세수나 샤워를 하면서도 영어를 들었는데 아이들이 깰까 봐 요즘은 씻으면서 머릿속으로 원고를 씁니다. 제가 쓰는 글은 대부분 이미 써 놓은 글을 옮겨 적는 것인데 주로 아침 세면 시간에 가상의 인물들에게 강연식으로 이야기를 하면서 글을 쓰고는 합니다.

그리고 와이셔츠 단추를 잠그며 서울시 개발계획이 나와 있는 지도를 바라봅니다. 3대 업무 지구에 동그라미가 그려져 있는, 제가 갈 도곡동 타워팰리스 블록과 GBC(글로벌비즈니스센터) 예정지인 삼성역에 별표가 쳐져 있는 지도를요.

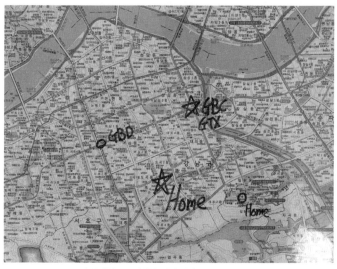

매일 아침 스트레칭을 하며 바라보는 서울시 지도

한여름에도 늘 흰색 긴팔 와이셔츠를 입는데 그것이 가장 프로페셔널하고 스마트해 보이기 때문입니다. 《**아비투스**》라는 책에서 말하듯 외관은 너무 중요합니다.

어느 날 문득 달라지기로 했다

"대화 상대자는 고상한 외형에서 지위를 알아보고 거기에 맞춰 태도를 취한다."

《아비투스》(도리스 메르틴 지음, 배명자 옮김, 다산초당) 215p

이 지도를 보고 있으면 나도 모르게 자리 잡고 있던 바이어스가 해결됩니다. 내가 너무 익숙하면 그 지역을 사랑하게 되어서 절대적인 거리와 무관하게 심리적인 거리가 서울 중심에서 가깝게 느껴지는데요,

한 반년 지도를 바라보다 보니 제가 그토록 소망했던, 그러다 보니 너무도 가깝게 느껴졌던 지역이 사실상 땅끝 마을이라는 객관적인 시각을 가지게 되었고 결코 변하지 않을 것 같던 아이들의 초등학교가 바뀌게 되었습니다. (땅끝은 제 직장 기준입니다.)

그리고 고3 때부터 식사용으로 사용하기 시작한 왼손으로 밋밋하지만 몸에 좋은 시리얼을 먹으면서 광활한 거실을 바라봅니다. 매일 이른 새벽에 아침을 시작하는 것이 고단하기는 하나 고작 이 정도의 노력으로 우리 가족이 이런 환경에서 살 수 있다면 이것이 무엇이 힘들겠는가 하는 생각을 하고 고개를 돌리면 우리 집 가훈이 적혀 있습니다.

"할 수 있다 할 수 있다 하면 할 수 있다."

언젠가 딸이 무언가를 낑낑대고 있는 남동생에게 이 가훈을 말해 주면서 격려하는 것을 보며 한참을 웃었던 기억이 납니다. 멋들어진 문구는 아니지만 직관적인 게 아이들에게도 와닿는 것 같습니다. 짧은 식사를 마치면 양치를 하면서 화장실에 A4로 붙여 놓은 명언 모음집을 읽습니다.

6시 20분에 운동하며 듣던 영어 MP3를 마저 들으며 지하철을 타러 가는데 남들은 음악을 듣고 있을 시간에 나는 영어를 듣고 있다고 생각하면 실제로는 잡생각으로 집중이 안 됨에도 불구하고 무언가 대단히 훌륭한 사람이 된 것 같은 자부심이 청량한 새벽 공기와 함께 온몸을 감싸 주는 듯합니다.

지하철에서 그날의 성경 에세이와 솔로몬이 대부분 집필한 잠언을 읽는데 그중 가장 열심히 실천하는 말씀은 '잔치에서 상석에 앉지 말라'(잠언 25:7)는 겁니다. 낮은 자리에서 올라오라는 소리를 듣는 것이 높은 자리에서 비켜 주라는 말을 듣는 것보다 낫다는 것인데 역시 최고의 지혜자는 다르시다고 생각하며 읽다가 도착 예정 시간 알람을 맞춰 두고 잠이 듭니다.

어느 날 문득 달라지기로 했다

도착 10분 전, 5분 전, 2분 전 알람을 맞추는데 이렇게 하면 학창 시절 어머니가 깨우실 때 5분만 더 자겠다는 말을 하며 이불을 뒹구는 감성이 느껴지기도 하고 뭔가 오래 잔 것 같아 좋습니다. 그런데 이것이 가능하려면 무조건 앉아야 하니 이래저래 아침형 인간이 유리한 것 같습니다. 지하철에서 내려 기도를 하면서 회사로 향하는데, 세상과 나라와 가족을 위해, 그리고 마지막으로 자신을 위해 기도하면서 무엇보다 제 성공이 다른 사람에게도 기쁨이 되기를 소망합니다.

일과 시작보다 1시간 먼저 회사에 도착하면 2천 원짜리 아메리카노를 마십니다. 티끌(커피값)도 모아야 한다는 의견이 있지만 커피를 기다리며 음악을 듣고, 오늘 갓 나온 빵도 구경하고 맛있게 드시라는 한마디를 듣는 것이 하루를 풍성하게 해주는 것 같습니다.

하루 종일 서비스를 제공하며 살아가야 하는데 누군가의 친절로 하루를 시작하는 게 삶의 균형을 잡아 주지 않는가.. 이렇게 저의 2천 원을 정당화하며 보안 게이트를 통과하면 "마스크를 착용하세요."라는 멘트가 제가 직장인임을 인지시켜 줍니다.

누가 봐도 이른 시간에 출근하면 집도 먼 분이 왜 이리 일찍 오시느냐고 물어보시고는 하는데 그럴 때면 자신과의 약속이라거나, 열심히 사는 느낌이 좋아서, 타고나지 않았으니 열심히 살아야 한다고 말씀을 드립니다. 물론 지금이 농경시대도 아닌데 미련 맞은 성실함이 무엇이 중요하냐고 말씀을 하는 분들도 있지만 여전히 성공한 사람들은 아침을 일찍 시작하고 나와 비슷한 라이프를 살아가는 사람들을 편애하며 그들에게 기회를 주는 것 같습니다.

그리고 일과 시작 10분 전까지 독서를 하는데 최근에는 글을 쓰고 있습니다. 마치 직업이 작가인 양 글을 쓰다 업무를 시작하면 가시가 돋친 말을 내뱉는 무례한 사람들을 종종 만나게 되는데 그럴 때마다 제가 만든 불멸의 어록 "너가 화를 내는 순간 그 사람은 불쌍한 사람에서 대단한 사람이 된다."를 자신에게 수없이 반복해 줍니다. 그래도 해결이 안 되면 모니터 아래에 붙어 있는 "지금 이 순간 기쁘고 감사할 수 없다면 무엇을 하든 의미가 없다."라는 문구를 읽습니다.

반년 동안 병원에 누워 있으면서 그토록 하고 싶던 일이 정장 입고 출근하는 것이었으니까요. 화장실 들어갈 때와 나갈 때의 마음이 분명 다르지만 들어갈 때의 마음을 의지적으로 떠

어느 날 문득 달라지기로 했다

올립니다. 피부 미남이 되겠다는 열망으로 열심히 물을 들이켜다 보면 화장실이 가고 싶어지는데 가는 길에 아무리 인사를 해도 받아 주지 않는 한 사람이 걸어옵니다.

일면식도 없는 사람이지만 인사를 할까 말까 고민을 하는데 인사 잘하는 사람이 되기 위한 전제 조건이 수많은 거절을 극복해야 함을 기억하며 인사를 하고 자신을 격려해 줍니다.

"잘했어. 해냈구나. 역시 넌 훌륭해."

고된 일과를 마치고 집에 가면 아내와 3가지 질의응답 시간을 가집니다.

오늘 무엇을 했는지,
오늘의 감사는 무엇인지,
오늘의 할 말은 무엇인지.

이 시간은 회사 생활이 너무 안 맞아 퇴사를 고민하던 어느 날이 추수감사절인 것을 알고 시작했는데 시작 후 한 달간 제 감사는 "오늘도 모니터를 부수지 않았어."였습니다.

그러다 점점 진정으로 감사할 거리를 찾게 되었고 그날의 감사가 감정의 찌든 때를 씻어 주게 되었는데 그래서인지 어느 순간부터 정말 여유 있어 보인다는 말을 듣게 되었습니다.

그리고 잠이 들기 전 침대에 누워 기도합니다.

"오늘도 주의 은혜로 하루를 보내게 하시니 감사합니다.
마음과 말과 행동으로 지은 죄 용서하시고.... 온 가족이 단잠 자게 해 주세요."

(순간 기절)

새벽 4시 50분, "꿈의 시작"이라는 알람이 울리기 시작합니다.

어느 날 문득 달라지기로 했다

나를 바꿔 준 순간_05:
이혼하셨어요. 그 말을 나한테 왜?

군대에서 폭발 사고 후 한 달간의 대학 병원 생활을 거쳐 분당의 수도통합병원으로 옮겨 왔는데 그 와중에도 할 수 있는 최대한의 자기 계발을 하고 있었습니다. 눈을 다쳐 책 같은 걸 보기는 어려우니 행정고시를 대비해 글씨 연습을 하거나 토익 음원을 듣고는 했던 것 같습니다. 그런데 그런 모습이 눈에 띄었는지 사람 좋은 미소의 간호장교 문 대위님이 뜬금없는 말씀을 하셨습니다.

"이 중위님 정말 열심히 사시네요. 저 아는 분 중에도 그런 분 있는데 얼마 전에 이혼하셨어요."

이혼하셨어요.. 이혼하셨어요.. 아니 내가 중위고 더 상급자는 맞지만, 이거 너무 심한 말 아닌가? 왜 결혼도 안 한 나를 이혼시키려고 하는 거지? 그런데 그때 저는 아무런 반박을 할 수 없었습니다. 왜냐하면 내가 생각하는 30대 후반의 내 모습은 BMW를 타고 타워팰리스 펜트하우스에 올라 시리도록 차가운 파노라마 야경을 바라보며 허무해 하는 모습이었습니다.

그동안 살아온 인생길에서 내 성공의 모습에 가족이 차지할 공간은 없었습니다. 저에게 필요한 건 단지 '돈 많은 집안의 배우자'였으니 말입니다. 어쩌면 저에게 있어 가족은 그저 제 성공을 빛내 줄 액세서리에 불과했던 것 같습니다. 아버지에게 물려받은 좋은 성품이 하나 있다면 그건 누구의 말이든 일단 경청한다는 것인데 듣고 따르든 말든 반박을 하기보다는 일단 경청을 하는 겁니다.

그래서일까요.. 잠자코 듣고 있던 그 말이 취업 준비 중에도 머릿속을 떠나지 않았고 아무리 바쁜 순간에도 지금의 아내인 여자 친구에게 시간을 내주는 연습을 할 수 있었습니다. 취업 준비할 때 시간이 없다고 소홀히 한다면 막상 취업하면 달라질까요? 그런 일은 일어나지 않고 모든 것은 이어진다고 생각을 했습니다.

10년이 더 지난 지금도 제가 모든 것을 뒤로한 채 앞만 보고 달릴 때면 문 대위님의 말씀이 떠오릅니다.

어느 날 문득 달라지기로 했다

"이혼하셨어요."

이 말이 삶의 중요한 과속 탐지기이자 브레이크가 되어 주고 있습니다. 무엇이 소중한지 잊지 않게 해 주는 고마운 존재로 말입니다.

외전:
식탐과의 이별

강렬한 태양이 내리쬐는 여름날이었습니다.

기분 탓인지 모르겠지만 초등학교 시절에는
겨울에는 얼어붙을 것처럼 추웠고
여름에는 숨이 막힐 듯이 더웠습니다.

마음의 여유가 없어서였는지 아직 후진국이어서 옷감이 별
로여서였는지 아무튼 유난히 뜨거운 태양이 작열하는 날이었
습니다. 이런 더위를 물리치기 위해 어린이들이 택하던 방법은
더위사냥이라는 아이스바를 먹는 것이었습니다.

어느 날 문득 달라지기로 했다

아이스크림의 네이밍을 보더라도 탈탈거리는 선풍기에만 의지하기에는 당시의 더위가 사냥이 필요할 만큼 강렬했다는 것을 알 수 있는데 문제는 이걸 먹을 때면 늘 분배 문제가 발생한다는 데 있었습니다. 투박한 종이로 감싸진 가운데 종이를 떼어 내고 반으로 뚝 잘라 나눠 먹는 것이었는데 문제는 5:5로 나뉘는 게 아니라 보통 4:6, 극단적일 때는 3:7의 비율로 잘리는 겁니다.

대부분 가정에서 치킨과 짜장면이 고급 음식이었고 먹는 것이 남는 것이라는 캐치프레이즈가 유행하던 시절이었기에 대부분 지분 있는 사람(물주)이 큰 부분을 먹었습니다.

그런데 물주가 아이스크림을 자르고 이리저리 둘러보더니,
"음~ 뭐가 더 크지? 이게 더 크네. 너 먹어."
이러는 겁니다.

순간 저는 너무 큰 충격을 받습니다.

거의 30년이 다 지난 지금도 그 장소와 온도가 기억이 날 만큼 메가톤급 쇼크였어요.

한창 자기 것만 챙길 나이인 초등학생.. 심지어 지분 있는 사람이 더 크게 먹는 게 관행이던 시절인데 친구에게 더 큰 걸 준다..

어린 나이였지만 그 친구가 너무 있어 보였습니다.

귀족의 아우라, 위대한 성자의 그릇, 당시 뭐라 표현할 말이 떠오르진 않았지만 무엇이 더 큰지 보고 있던 그 아이 앞에서 치사하게 크기 겁나 따지는구나 생각하고 있던 제가 너무 찐따 같이 느껴졌습니다.

그런데 그 순간 이런 생각이 들었어요.

"이거 조금 더 먹는다고 내 인생이 그렇게 달라지나?"

생각해 보니 욕심부리면서 조금 더 먹는다고 딱히 크게 달라지는 게 없는 겁니다. 그렇게 생각해 보니 이 아이의 위대한 행동(?)도 이해가 되었습니다.

그 일이 있고 나서부터는 저도 지분의 유무와 관계없이 가장 작은 것을 먹기 시작했습니다. 그 친구처럼 멋있는 사람이 되

어느 날 문득 달라지기로 했다

고 싶기도 했고 실제로 그거 하나 덜 먹는다고 해서 인생이 달라지지 않았으니까요.

시간이 흘러 대학생이 되고 '나의 꿈 나의 미래'라는 주제로 발표하는 시간이 있었습니다. 학점의 노예로 살던 저는 그 수업에서도 혹시 도움이 될까 싶어 반 대표로 활동하고 있었는데 교수님께서 제 리포트가 마치 살아 숨 쉬는 것 같다며 강단에 세우신 것이었습니다.

그때도 저는 여전히 일관되게 명문대로 편입을 한 후 회계사가 되어 돈 많은 배우자를 만나 경매와 사업을 하고 BMW를 타면서 타워펠리스에 살겠다는 야심 찬 계획을 선포했습니다.

"들꽃은 아무데서나 피지만 아무렇게나 살지 않는다고 했습니다.
저 또한 티코(경차)로 태어났지만 BMW로 살아가겠습니드아~!!"

라는 오그라드는 멘트로 발표를 마쳤습니다.

식당으로 가는 길에 앞서가던 수강생들이 "아.. 아까 그 사람

정말 성공할 것 같아.." 이렇게 말씀하시는데 왠지 모르게 민망해서 다른 장소로 방향을 틀었던 기억이 납니다. 교수님도 저를 참 좋게 보셨는지 멘토가 되어 주겠다고 하시며 개인적으로 만난 첫날에 하루 종일 무엇을 먹고사는지 물으셨습니다.

그런데 제가 읊은 빈약한 식단을 한참을 들으신 후 잊히지 않는 멘트를 하셨습니다.

"그저 그렇게 살려면 아무거나 먹어도 돼요. 그런데 리더가 되려면 아무거나 먹으면 안 됩니다."

순간 온몸에 전율이 오는 것 같았어요. 당시 꿈이 세계 통일이었고 세계를 리드할 남자인 제가 당연히 아무거나 먹으면 안 되는 거였던 겁니다. 그 이후로 술·담배를 끊었던 저는 라면까지 끊어 버립니다. 가끔 동기들이 라면을 먹자고 하면 억지로 먹기는 했지만 적어도 제 손으로 라면에 손을 대지는 않았습니다.

아내와 연애 시절에도 자기 관리가 철저한 사람이라며 이 부분을 엄청나게 어필해서 장모님은 지금도 제가 라면을 안 먹는 줄 아시는데.. 지금은 라면을 엄청 좋아한다고 아내에게 구박

어느 날 문득 달라지기로 했다

을 받기는 합니다. 인류가 만든 음식 중에 가장 맛있는 건데 이 것마저 끊고는 못 살겠더라고요.. 세계 통일까지는 필요 없을 것 같기도 하고..

그런데 교수님의 말씀을 한참 듣고 보니 같이 피라미드를 오르자는 제안이었고 영양이 부실하니 결국 A사의 영양제를 먹어야 한다는 결론으로 흘러가서 뭔가 조금 허탈하기는 했지만 음식에 대한 관점을 바꿔 준 획기적인 사건이었습니다.

그런 말이 있잖아요?

"네가 먹는 것이 곧 너다." - 포이어바흐

시간이 흘러 성공한 사람들을 만날 기회가 많은 직장에 취업합니다. 그중에서도 제가 운이 좋은 편이긴 했지만 호텔 식당을 가는 게 당연하게 여겨지고 1년 차에 달팽이 요리를 먹는 호사까지 누리게 됩니다.

당시 모시던 본부장님은 투자 회사 대표로 있다가 고연봉을 포기하시고 옮기신 분이었습니다. 언젠가 스탠딩 세미 뷔페 회의를 하고 나가려는데 어떤 분이 큰 소리로 말씀하셨습니다.

"본부장님 방울토마토 하나 드셨어!"

아.. 저게 50이 다 된 중년 남자가 배 하나 나오지 않는 바디를 유지하는 비결이구나.. 하지만 너무 비인간적인데.. 저렇게는 살지 말아야지.. 인간이 알약을 먹어도 충분하지만 음식을 먹고사는 데는 이유가 있잖아? 먹는 즐거움.. 그거 포기하면 안 되는 거야. 그러니까 사람이 까칠하고 여유가 없지. 인격은 탄수화물에서 나오는 거 알아 몰라? 나는 저렇게는 안 살련다..

그런데 아무리 그렇게 정신 승리를 해 보아도 그분이 참 프로페셔널하고 멋있어 보였습니다.

"방울토마토 하나 드셨어.. 방울토마토 하나 드셨어.."

머릿속을 맴도는 방울토마토라는 말이 도저히 사라지지 않는 것을 보면서 결국 인정할 수밖에 없었습니다. 순간의 충동을 이겨 내는 삶이 진짜 멋있는 거라고요.

오늘도 제가 카페 메뉴판에서 캐러멜마키아토 그런데 사이즈를 한번 쳐다보다 아메리카노를 시키는 이유는 머릿속에서 누군가가 소리치기 때문일 겁니다.

어느 날 문득 달라지기로 했다

"방울토마토 방울토마토.."

어떤가요.. 식탐과 이별을 할 준비가 되셨나요? 식탐이가 달려올 때 상상 속에서 방울토마토를 던져 볼까요? 딱 그 순간만 이겨 내면 됩니다.

분배에 실패한 더위사냥

Part II.

달라진 삶의 이야기

Intro:
꿈같은 인생을 살아가면서

"이게 현실이 맞는 건가?"

가끔 주어진 모든 것을 돌아볼 때면 꿈만 같을 때가 있습니다. 나에게 허락된 직업, 자산, 그리고 가족 모든 것이 말입니다. 그런 생각이 들게 하는 대표적인 기억이 있습니다. 초등학교 어느 과학 시간이었습니다. 무슨 단백질에 관련된 수업을 하던 중이었는데 고기를 불로 태워 보는 실험이 있었습니다.

실험은 그냥 구실일 뿐이고 그 핑계로 삼겹살을 구워 먹는 시간이었는데 가위바위보에서 진 사람이 고기를 사 오기로 했

어느 날 문득 달라지기로 했다

습니다. 시작 전부터 저는 두근거리기 시작했습니다. "아.. 우리 집 고기 살 돈 없는데.." 그런데 운명의 장난인지 이어서 시작된 가위바위보에서 저는 무참히 져 버렸고 순간 정신이 멍해졌습니다.

어쩌지.. 어쩌지.. 고기 살 돈 없는데.. 어리지만 철이 들었던 저는 부모님께 아무 말씀을 드리지 않고 고기 없이 그냥 학교로 갑니다. 가서 갖은 조롱을 한 몸에 받고 집에 돌아온 저는 비밀을 지킬 거면 끝까지 지킬 것이지 어머니에게 말을 해 버립니다. 어머니는 어머 그랬냐고 하시며 다른 맛있는 음식을 사 주셨는데 그때 얼마나 마음이 아프셨을지 생각하면 지금 제 마음이 더 아파 오는 것 같습니다.

시간이 흘러 운동회 날이 다가왔습니다. 당시는 운동회 때 짜장면을 시켜 먹는 문화가 있었는데 god가 '어머니는 짜장면이 싫다고 하셨어.'라는 노래를 불렀을 만큼 나름 고급 음식이었습니다. 운동회 날 같은 학교 여자 친구 집 옥상에서 같이 점심을 먹는데 친구가 짜장면을 먹는 것을 보고 저도 모르게 나도 먹고 싶다고 말을 했나 봅니다.

그 아이 어머니는 "네 엄마한테 사 달라고 해."를 시전하셨고 마음이 상한 저는 아무것도 안 먹겠다고 옥상 구석에 누워 버립니다. 그때 어머니가 다가오셔서 각목으로 아프지도 않게 때리며 말씀하셨어요. 먹으라고.. 먹으라고.. 그날 저녁에 그 일을 안타깝게 여기셨던 한 분이 저희 집에 치킨을 보내 주셨다고 부모님께 전해 들었습니다.. 정말 때로는 쌀이 떨어질 만큼 가난하던 시절이었어요.

중학생이 되고 당시 LG 계열에 근무하시는 분의 가족과 함께 그분 회사에서 제공해 준 티켓으로 수영장에 가게 되었습니다. 당시 대기업 직원 아내분이 엄청나게 거들먹거리며 우리를 데려가셨던 것이 지금도 기억이 납니다. 데려와 주신 건 고마운데 이렇게까지 생색을 내셔야 할까.. 그러면서도 대기업이라는 게 참 대단하구나 생각했던 것 같습니다. 그런데 갑자기 그 집 아들이 누나의 물안경을 긁어 대기 시작합니다. 코팅되어 있는 안쪽을요.. 수영이 끝나고 누나가 어머니에게 망가진 물안경에 대해 컴플레인을 했습니다. 계속 망가졌다고 칭얼거렸어요. 그때 참다못한 어머니가 소리를 지르셨습니다.

"돈이 없으니까 그렇지 이X아. 돈이 없으니까 그렇지.."

그 말을 옆에서 듣고 있던 저는 제 방에 있던 이불을 때리며 어금니를 물고 울었습니다. 그리고 속으로 외치고 또 외쳤습니다. "내가 반드시 성공한다. 내가 반드시 성공한다. 두고 봐. 내가 반드시 성공한다. 돈이 없으니까 그렇지.. 이런 얘기 절대 안 할 수 있도록 내가 반드시 성공한다."

특수한 사정으로 마치 가장처럼 살던 저에게 누나는 누나이지만 딸 같은 존재였습니다. 그래서 늘 누나에게 결혼하면 집을 사 준다고 말을 했었고 제 돈으로 사 준 건 아니지만 제가 추천해 준 천당 밑 분당 집으로 인테리어를 마치고 입주를 했을 때 너무도 행복했습니다. 마치 제가 제 돈으로 사 준 것처럼 말입니다.

영국의 철학자 버트런드 러셀의 철학처럼 행복이란 결핍을 채우면서 생기는 감정이고 그 전제 조건이 결핍이라는 말에 전적으로 동의합니다. 경제성장률에서 흔히 기저 효과라는 말을 합니다. 그 이전에 워낙 성장이 낮았으면 그 기저 효과로 성장률이 확 올라가는.. 그런 면에서 저의 행복의 기저 효과 펀더멘털은 너무도 탄탄합니다. 그 바닥과 비교하여 생각해 보면 지금 누리는 일상이 모두 꿈같은 감사한 일로 가득하기 때문입니다.

지금부터 앞서 말씀드렸던 작은 우연들이 쌓이고 쌓여 절망에서 희망으로 변화된 삶의 이야기를 시작해 보려 합니다.

어느 날 문득 달라지기로 했다

문제아에서
신의 직장인이 되기까지

"담배는 또 어디 꼬불쳐 놨겠지~"

 늘 건들거리며 생활하던 저에게 영어 선생님이 말씀하셨습니다. 그냥 청량캔디를 먹었을 뿐인데.. 정말 그냥 청량캔디를 먹었을 뿐인데도 평소 행실이 워낙에 엉망이다 보니 그냥 그렇게 생각해 버리는 존재. 그게 저였습니다. 중1 때 모범생 모드의 버프로 2학년 때 반장이 되었는데 시간이 조금 흘러서 주위에서는 하나같이 이런 얘기를 하기 시작했습니다.

 "6반 반장처럼 되지 마라."

어느 순간 망가진 아이의 표본이 되어 버린 겁니다. 천재라는 이야기를 듣기 시작하면서 막사는 모습이 멋있어 보였습니다. 그리고 위인전이 있는 친척 집이 아니라 만화책이 가득 쌓여 있던 친척 집의 언제나 잠자는 만화 주인공의 모습이 잘못된 가치관에 기름을 부었습니다. 그래서 책이 너무 중요한 것인데.. 어찌 되었건 중2 때부터 저는 막살기 시작했고 뭔가 잘 노는 아이 같이 보이는 게 내심 싫지 않았던 것 같습니다. 찌질이라고 무시당하던 초등학교 시절보다는 더 나았으니 말입니다.

그 기세를 몰아서 저는 그냥 컴퓨터 게임만 하면서 시간을 보냈고 고2가 되어서는 매일매일 노래방을 가고 시험 기간에는 두 번을 가기도 했습니다. 평소보다 빨리 끝나니까 끝나자마자 한 번 그리고 집에서 쉬다가 한 번 더 가고.. 그렇게 노래방에 가면 사장님은 옆방 여학생들과 합석을 시키며 시간을 늘려 주셨고 여학생들의 담배 연기가 자욱한 노래방에서 저는 박수를 받으며 노래를 불렀습니다.

누군가에게 인정받는 거.. 철없게도 그냥 그게 좋아서 계속 매일매일 노래방에 가며 반응 좋은 노래만 반복하며 불렀고 어떤 곡은 100번도 넘게 부른 것 같습니다. 그렇게 시간을 탕진하다 어느 날 문득 다른 인생을 살기로 다짐하며 대학에 가고,

편입하고, 나름 미래가 보장된 상태로 장교로 임관을 하지만 중위 때 큰 사고를 당하고 전역 후 초기에는 일주일에 한 번씩 병원을 가야 할 만큼 나약한 몸이 되어 버렸습니다.

그렇게 취업 준비를 하던 어느 날 지금의 아내를 만났습니다. 요즘은 카톡 프로필 사진이 소개팅 예선전이라면 당시에는 싸이월드 미니홈피였는데 아내의 싸이월드를 방문했을 때 조금 당혹스러웠습니다. 싸이월드 간판 사진에 샤(서울대) 간판이 있는 거예요.

나름 서울의 괜찮은 학교 경제학과 ROTC 출신이라 크게 스펙으로 부족하다고 느껴 본 적은 없었는데 '샤대'라니.. 이건 좀 무리가 있지 않나.. 언제나 당당히 살아왔던 폼생폼사 인생인데 감당할 자신이 없다는 생각이 들었습니다. 그런데 이게 웬일인가요. 북한과의 전쟁 위기가 한창 고조되고 있는 겁니다. 준비하던 회사의 필기시험 전날에 북한의 연평도 포격이 있었을 정도로 당시 분위기는 심각했습니다.

그때 생각합니다. 우리 아버지는 어머니를 버스에서 처음 본 날 프러포즈하셨다는데.. 지금 당장 내일 전쟁이 벌어진다면 난 무엇을 해야 할까?

"그래. 고백을 해야지."

그렇게 고백을 하고 취업 준비를 하며 말했습니다.

"지금 신의 직장인 ○○○을 준비하고 있는데 그대의 친구들인 관악인들보다 더 좋은 곳을 갈 것이외다. 내가 비록 지금은 토익이 630이나 소인에게는 알파벳의 천부적인 재능과 경험이 있어 블라블라.."

말은 이렇게 했지만 늘 자신감이 없었고 자격지심과 콤플렉스가 뱀처럼 똬리를 틀고 있었습니다. 늘 문제아로 살던 저에게 있어 스카이(서연고) 출신들은 정말 하늘에 있는 존재들처럼 대단해 보였고 지금 생각하면 참 유치하지만 그들과 식사라도 할 때면 내가 지금 스카이 출신과 함께 밥을 먹는다고 생각하며 신기해하고는 했을 정도니까요.

그런데 아무리 공부를 해도 필요한 토익 점수가 나오지를 않았습니다. 아 뭐지.. 천재인 줄 알았는데 천치였던 건가.. 대학도 영어로 갔는데 이런 형편없는 점수는 대체 뭘까.. 그렇게 좌절할 때면 한심하게도 아내에게 나 같은 사람 말고 더 괜찮은 사람을 만나라고 말하고는 했습니다. 그리고 정말 데드라인인

9월 시험일이 다가왔습니다. 더는 물러설 곳이 없었습니다.

유난히 리딩 파트가 어렵게 나온 날 마지막 페이지를 보는데 글씨가 겹쳐 보이면서 정신이 멍해졌고 10문제를 고스란히 찍고 시험장을 나왔습니다. 마침 비가 오고 있었는데 내리는 비와 함께 눈물이 흘러내렸습니다. 태어나 처음으로 시험을 보고 운 날이었습니다.

울면서 집에 가고, 집에 가서도 통곡을 했어요. 하나님을 원망하며 울었습니다. 노력 없는 결과를 얻겠다는 것도 아니고 이 정도로 열심히 했으면 좀 좋은 결과를 주셔야 하는 거 아니냐고.. 오늘 교회도 안 가겠다고 생각을 하다가 그래도 교회는 가야겠다 싶어 같은 교회를 다니던 아내에게 데리러 와 달라고 말을 한 후 비가 쏟아지던 차 안에서 울면서 말을 했습니다. 이번 시험도 망했고 원서 통과도 안 될 것 같다고. 이렇게 형편없는 놈인데도 괜찮겠냐고 물었습니다. 말이 질문이지 헤어져야겠다고 생각을 했던 것 같습니다. 제가 봐도 자신이 너무 한심해서 견딜 수가 없었는데 그때 아내가 한마디를 던졌습니다.

"내가 먹여 살리면 되니까 괜찮아."

그 말을 듣고 두 가지 생각을 합니다. 절대 포기하지 말아야겠다는 것과 이 사람을 꼭 붙잡아야겠다는 생각을요. 남자들은 언제나 두려움을 가지고 있어요. 내가 망하면 이 여자가 나를 떠나가지 않을까. 내가 실패하면 나를 버리지 않을까 하는 두려움이요. 그래서 기회가 닿을 때마다 확인을 받고 싶어 하는지도 모릅니다. 정말 나를 먹여 살려 달라는 게 아니라 그렇게 말해 줄 수 있는지.

그런데 기적처럼 찍은 게 다 맞아 버렸는지 토익 점수가 나쁘지 않게 나오고 추풍낙엽처럼 떨어지던 원서들이 마치 절대 반지라도 낀 것처럼 다 붙기 시작합니다. 원래는 논술과 상식을 보는 금융권을 준비하고 있었는데 토익 점수만 있으면 수험표가 나오는 신의 직장으로 불리던 코트라에도 지원합니다. 하지만 전공도 아닌 경영으로 지원을 하고 준비도 제대로 되지 않은지라 그냥 시험장에 안 가기로 했는데 아내가 한마디를 던졌습니다.

"내가 태워 줄 테니 시험 보러 가. 밥이라도 먹고 오자."

"아.. 나 공부도 못 했고 어차피 봐 봤자 떨어지니까 안 보려고 했는데.. 그래, 가서 점심이나 먹고 오자."

어느 날 문득 달라지기로 했다

그렇게 시험 장소인 한국외대로 출발을 하고 기대 없이 2교시 시험지를 펼쳐 보는데.. 이게 웬일인가요? 제가 그토록 자신 있는 썰 푸는(?) 문제 두 개가 100점 만점에 60점인 겁니다. 나머지는 객관식이고 1교시 경제 논술은 원래 제 전공이라 그냥 하면 되는 거였어요. 내가 봐도 일필휘지로 써 내려간 이 너구리의 비유는 기가 막힌다고 생각하며 시험장을 나와 아내에게 말했습니다.

"이거 잘하면 붙겠는데?"

그렇게 농담처럼 말하고 시험을 봤다는 사실도 잊어버린 채 원래 목표하던 회사의 면접시험을 마치고 지하철을 탔는데 문자가 와 있었습니다. 필기시험에 합격했으니 면접을 보러 오라는 거였어요. 문자를 보자마자 당황하며 아내에게 말했습니다.

"필기가 붙었대. 어떻게 이럴 수 있지?"
"응? 어떻게 그럴 수 있지?"

이렇게 거짓말처럼 필기에 붙고 면접을 보러 가는데 시험장으로 가는 엘리베이터에서 인솔하시는 인사팀 과장님께 이런 말씀을 드렸습니다.

"저는 여기서 면접을 볼 수 있다는 것만으로도 더 바랄 게 없습니다."

그럴 수밖에 없던 것이 대학교 때 타고 다니던 버스에서 바라보던 코트라 건물이 너무도 멋져 보였고 1년에 딱 30명밖에 뽑지 않는데 제가 그중에 한 명이 될 거라고는 감히 상상할 수 없었습니다. 버스에서 건물을 바라보면서 "아.. 저기는 대체 얼마나 대단한 사람들이 다니는 거지?"라고 생각할 뿐이었어요. 그런 회사에 무려 면접을 보러 간 것만으로도 저는 충분히 영광스러웠고 또 과분했습니다. 그런데 1:1 외국인 영어 면접도 그랬지만 프레젠테이션 면접이 마치 내가 아닌 다른 사람이 말해 준 것처럼 자연스럽게 흘러갔고 거짓말처럼 합격합니다.

정말 너무 기적 같아서 합격 문자를 보고 소리를 질렀습니다. 제 인생에 가장 감사한 일 3가지 중 하나로 이 회사에 입사했던 것을 늘 뽑았을 정도였어요. 그런데 입사 후 한동안 마음고생이 심했습니다. 다른 스펙 좋은 뛰어난 동기들에 비해 제가 너무 운으로 합격했다는 죄책감이 늘 저를 힘들게 했고 쉬지 못하게 만들었습니다.

자격을 갖추고 싶었고 부족한 저를 거두어 준 아내도, 부족한 저를 합격시켜 준 이 회사도 정말 고맙고, 감사했습니다. 비록 지금은 다른 곳에 있지만 이곳에서의 추억은 영원할 것 같습니다. 그래서일까요? 무언가에 홀린 듯이 계약했던 도곡동 집의 디자인이 이 회사의 건물과 너무도 닮아 있는 건 우연이 아닌 것 같습니다.

내가 정말 사랑했던 신의 직장(코트라)을 떠나며 보내 줘야 했던 관용 여권과 아껴 주시던 분의 환송 편지. 내 인생에서 가장 빛나던 시간을 하나 꼽아 보라면 이때가 아닐까 싶다.

소심남에서
방송 출연을 하기까지

거짓말처럼 첫 직장에 취업하고 얼마 되지 않았을 때 생각보다 빨리 결혼 날짜를 잡게 되었습니다. 29살에 결혼을 하면서 청첩장을 나눠 드릴 때 대체 왜 이렇게 빨리 결혼을 하느냐는 이야기를 많이 들었습니다. 그때면 저는 농담 반 진담 반으로 돈이 없어서 그렇다고 말씀을 드리고는 했습니다.

당시 제 명의로 되어 있던 부채가 1억 원이 넘었었는데 이게 1년, 2년 지난다고 해결될 것 같지가 않았습니다. 내년도 답이 없고 후년도 답이 없는데.. 이대로 가다가 나중에는 결혼을 못 할 것 같아 부족하지만 조금 일찍 시작하기로 하고 9개월 이후로 날짜를 정했는데 아무것도 원하지 않던 아내가 유일하게 이야기한 것이 다이아 반지였습니다. 이 반지를 살 돈을 마련해야 프러포즈를 할 텐데 어찌해야 하나 고민하고 있던 찰나 회사에 방송 제의가 들어왔습니다.

종합 편성 채널이 새로 생기면서 일반인이 출연하는 리얼 버라이어티 프로그램을 시작하는데 작곡가 김형석 씨가 몇 주간 노래를 트레이닝 시켜 주고 무대에 세우는 프로그램이었습니다. 순간 여기에 출연해서 프러포즈를 하면 되겠다는 생각이 들었는데 가진 것이 없으니 이렇게라도 추억을 만들어 주고 싶었습니다. 초등학교 때 자기소개 하나도 제대로 못 해서 벌벌 떨던 소심한 자가 큰 용기를 낸 겁니다.

그런데 출연 동기가 괜찮았는지 트레이닝을 시켜 주는 최후의 4인으로 선정되어 연습에 들어갑니다. 한창 촬영을 이어 가던 중 원래도 어려웠던 집에 경제적인 위기가 또 찾아옵니다. 그때 좌절이 밀려오고 다 포기하고 싶어졌어요. '아.. 그래.. 내 주제에 결혼은 무슨 결혼이냐.. 이런 환경에서 결혼 같은 건 사치지.. 그냥 혼자 살까..' 당시 장애 보상금과 대출을 모아 모아 이사한 11층 아파트에서 뛰어내리려는 생각도 여러 번 했습니다. 대체 이 지긋지긋한 가난이 언제 끝날지 숨이 막혀서 정말 돌아 버릴 것만 같았어요.

그래도 방송 덕분에 어쩔 수 없이 꾸역꾸역 노래 연습을 하다가 어느덧 프러포즈 일정이 있는 마지막 촬영 날이 되었습니다. 그동안 몰래 연습을 하다가 당일에 공연을 보러 오라면서 아내를 불렀습니다. 서프라이즈를 해 주고 싶었는데 마침 화장실에 다녀오던 아내가 문에 붙어 있던 콘티를 봐 버립니다.

"남자가 여자에게 반지를 준다."

음.. 뭔가 좀 허무하긴 했지만 그래도 마음의 준비는 필요했을 테니 나름대로 의미가 있다고 생각하고 슈퍼스타케이 밴드와 코러스의 반주에 맞춰 수백 번도 더 듣고 연습한 김동률의 〈사랑한다는 말〉을 부릅니다.

이진현: "사랑~ 한다는 말. 내겐 그렇게 쉽지 않은 말~"
작곡가 김형석님: "오~ 바이브레이션 좋고."

그렇게 슈스케 밴드가 반주를 해 주고 연예인들이 축하를 해 주는 자리에서 부모님의 금을 모두 녹여 만든 금반지를 끼워 주며 프러포즈하는데 제 눈에는 다이아보다 더 반짝반짝 빛나

어느 날 문득 달라지기로 했다

보였습니다. 당시 심사 위원단이 여대생들이었는데 사심이 개
입될 수밖에 없는 평가에서 프러포즈를 한 제가 우승을 한 것
은 어찌 보면 자연스러운 흐름이었던 것 같습니다.

다이아보다 더 빛나는 금반지와 함께한 프러포즈

제가 방송에 나왔던 이야기를 들으신 분들은 정말 대단하다
고 어떻게 그런 용기가 있었냐고 말씀을 해 주시고는 합니다.
당시는 아무 생각 없이 돈이 없으니까 이런 거라도 해야 했다
고 말씀을 드렸는데 지나고 보면 참 신기한 것 같습니다. 자기
소개도 제대로 못 하던 소심했던 시절을 극복했기에 가능했던
일이고, 이때 용기를 낸 덕분에 결혼을 포기하지 않고 사랑하
는 아내와 너무도 소중한 아들딸과 함께하게 되었으니까요.

마이너스 인생에서
강남 집을 얻기까지

2020년 1월 1일. 꿈에 그리던 도곡동에 전에는 상상도 하기 어려웠던 크기인 50평 집을 계약한 날이 엊그제 같은데 어느덧 1년의 세월이 흘렀고 이제 다음 달이면 그토록 바라 마지않던 강남구민이 됩니다.

"너에게 강남은 은전 한 닢 같아."

첫 강남 집을 계약했을 때 동기 형이 해 준 말이 떠오릅니다. 은전 한 닢은 상해에서 본 한 늙은 거지의 일을 마치 콩트처럼 기록한 피천득의 수필인데 욕망에 대한 집착과 성취의 기쁨을

어느 날 문득 달라지기로 했다

깊은 여운과 함께 담아낸 글입니다. (요약해 보면 대략 10원을 계속 모아서 1000만 원을 만들고 그것을 바라보며 감격하는 이야기입니다.)

그래서인지 제 또래에서는 진짜 바라던 것을 엄청나게 고생해서 이루었는데 이까짓 게 뭐라고 이 고생을 했나 하는 느낌이 살짝 드는 뉘앙스의 표현을 말하고 싶을 때 종종 "은전 한 닢 같다."라는 관용구를 쓰고는 합니다.

건물주의 손자로 태어나 나름 잘살던 저희 집안은 1992년 당시로는 거금이었던 1억 원의 빚을 지고 서울에서 경기도로 도망치듯 이사를 합니다. 어머니의 친척분 집에서 얹혀살게 되었는데 종종 친척이지만 주인인 할아버지가 술에 취해 문을 쾅쾅 두드렸고, 사촌이지만 어려웠던 주인집 아들은 일장 훈계를 하다가 따귀를 때리기도 했습니다. 조선 후기도 아니었는데 뭐라고 반박을 할 수도 없었어요.

그리고 필라멘트 전구 하나에 의지해야 했던 재래식 화장실을 쓰면서 밤이면 화장실을 간다는 자체가 두려움이었고 새벽마다 천장의 고양이가 아기 울음처럼 무섭게 울고 때로는 싸우고, 밤에 불을 켤 때면 바퀴벌레가 사방으로 도망치곤 했는데 그 와중에 수시로 빚쟁이들의 독촉 전화가 왔습니다. 하지만 시간이 흘러도 지독한 가난은 해결되지 않았고 29살의 나이에 순자산 마이너스 6천만 원으로 결혼 생활을 시작합니다.

정신없이 빚을 갚고 딱 4천만 원을 모았을 때 우연히 성남 복정동에 있는 모델하우스에 가게 되었는데 거기서 미분양이었지만 몇 년 후에 지하철이 개통한다는 미사의 대단지 푸르지오 아파트를 발견합니다. 그렇게 좋은 집을 처음 봤던지라 그동안의 서러움을 모아 모아 전 재산을 넣고 계약서를 쓰면서 부동산에 관심을 갖게 됩니다.

그리고 천운인지 입주 후부터 거짓말처럼 아파트 대세 상승기가 왔는데 물이 들어올 때 노를 젓자는 심정으로 달리다 보니 분양권 매수와 일원동을 거쳐 어린 시절 동경의 눈빛으로 바라만 보던 도곡동 타워팰리스 블록의 50평 주상 복합 아파트 오너가 됩니다. 그토록 바라 마지않던 저만의 은전 한 닢을 얻게 된 겁니다.

계약할 때마다 당시의 감동을 기록하고 싶은 마음과 그동안 받은 도움에 대한 보답의 차원으로 '부동산 스터디'라는 네이버 카페에 글을 올렸었는데 그곳에서 나누었던 이야기를 그대로 담아 보았습니다.

· 2013년 빼빼로 데이(내 집을 얻기까지)

너무 식상한 이야기지만 참 어려운 시간들을 보냈습니다. 한때 우리 집도 매우 잘살았다는 전설 같은(?) 이야기가 전해지지만 제 기억의 대부분은 재래식 화장실을 써야 하고 해충이 가득한, 금방이라도 무너질 듯한 그런 집에서 채워졌습니다.

수급자로 살아가면서 받아야 했던 멸시의 시선보다 더 힘들었던 건 필라멘트 전구 하나에 의지해야 하는 재래식 화장실이었던 것 같습니다. 그래서 처음으로 수세식 화장실이 있는 옥탑방으로 이사하였을 때 참 행복했습니다. 지하에 있는 카바레 소리 때문에 잠을 잘 잘 수 없었지만 그래도 너무 좋았어요.

아마 그때부터였던 것 같아요. 제 가슴 깊은 곳에서부터 집에 대한 열망(집착)이 생긴 것이요. 그런데 10년만 참으면 될 줄 알았는데 지독한 궁핍은 20년이 지나도 마치 개미지옥처럼 해결되지 않더라고요..

저는 남자치고 결혼을 참 빨리했습니다. 다른 이유보다 내년에도, 후년에도 빚이 많을 텐데 아내가 한 살이라도 어릴 때 결혼하는 것이 부끄럽지만 제가 할 수 있는 최선이었어요..

부모님의 부채를 떠안아야 했던 탓에 순자산 마이너스 6천으로 온수도 제대로 안 나오는 빌라에서 결혼 생활을 시작했는데 (온수가 안 나오는 건 들어가서야 알았네요..) 주차부터 택배까지 빌라 생활이 녹록지 않음을 몸으로 깨달았습니다. 부족한 저를 사람 하나만 보고 믿고 결혼해 준 아내에게 너무 고맙고 미안했어요.

남들 같은 플러스 시작은 아니었지만 열심히 모아서 빚을 다 갚고 딱 4천만 원을 모았을 때 복정동 모델하우스에 놀러 갔다가 집 없던 설움을 모아 모아 당시는 큰돈이었던 4억짜리 미분양 아파트를 계약했습니다.

그때가 2013년 겨울이었는데 집 사면 미친놈 소리를 듣던 때였지만 도시계획도를 보니 여기라면 5천 정도 떨어져도 괜찮겠다 싶었습니다. 비록 출퇴근이 힘든 경기도였지만 아내와 언젠가 태어날 아이가 대단지 브랜드 아파트에서 자연과 벗 삼아 살면 참 행복할 것 같았어요.

어느 날 문득 달라지기로 했다

1년에 4천씩 모으고 70%는 대출을 받겠다는 계획을 세우긴 했는데 계약을 하고 설렘과 걱정이 공존했던 것 같아요. 과연 입주가 가능할 것인가 하고^^;

가끔 후배들이 집을 살 용기가 없다고 하면 이때 상황을 얘기해 주며 원래 첫 집은 지르는 거고 다들 두려운 거라고 얘기해 주고는 합니다. 인생의 3대 미션인 결혼, 출산, 내 집 마련 중 하나인데 어떻게 고요한 호수처럼 평안한 결정을 하겠냐고.. 금액이 다를 뿐 다 두렵다고.

계약하고 하루하루가 참 행복했어요. 냉장고에 단지 배치도랑 도시계획도를 붙여 놓고(누가 보면 부동산인 줄..) 미래를 그리며 기다리는 것이 너무 설레더라고요. '첫 집'이라는 게 그런 것 같아요. 마치 첫사랑처럼.

그런데 기준 금리가 뚝뚝 떨어지면서 저리 고정 금리로 부담 없이 입주하게 되고 입주민들이 할인 분양을 걱정하던 아파트는 얼마 안 되어 괜찮은 서울 집을 살 수 있을 만큼 거짓말처럼 가격이 올라갔어요.

그때 내가 좋으면 남들도 좋아한다는 것을 깨닫게 됩니다. 5

천 떨어질 각오까지 했는데 막 오르니까 신기하고 기분 좋고 우리 집이 막 최고인 것 같았는데 우리 집보다 싸던 고래힐(고덕래미안힐스테이트)이 몇 억씩 오를 때 마치 얼어붙은 듯 멈춰 있는 시세를 보며 느낀 것은,

서울은 서울이고 경기도는 경기도구나.
분양권(입주 물량) 때가 제일 싸구나.

우리 집만 빼고 다 오르는 걸 가슴 아프게 지켜보다 8·2 대책 때 집을 하나 더 사야겠다는 생각을 합니다. 2013년에 집을 사 보니 공포에 올라타야 한다는 확신이 있었던 것 같아요. 그때 그라시움을 살지 동네를 살지 고민하다 큰 집에 살고 싶어 다시 경기도를 택합니다. (이 선택은 다시 서울은 서울이라는 도돌이표 결론으로 이어지죠.)

몇 달 전 살고 있는 집을 팔려고 내놨는데 거래 절벽인 데다 강남에서 1~2억씩 빠지고 있던 시절이라 2달이 지나도 네고 하나가 안 들어오더라고요. RR(로열동 로열층)이었는데.. 그나마 제일 좋은 물건이라 간신히 정리하고 마음이 후련했는데 투기 과열 지구로 지정되면서 갑자기 폭등을 합니다..

　　　어느 날 문득 달라지기로 했다

이때 얻은 교훈은 집은 파는 게 아니구나..는 아니고요. 매수자 몫을 충분히 남겼고 더 욕심부리면 안 되겠다는 생각을 했어요. 투자의 정석은 무릎에서 사서 어깨에서 파는 거라던데 꼭지를 누가 알 수 있을까요.. 뭔가 정신 승리 같지만 더 먹으면(?) 체할 것 같았어요.

그런데 미련이 남았는지 이사 갈 집 입주 전 무주택이 된 짧은 기간을 살려야겠다는 생각에 분양을 알아봅니다. 북위례를 넣으면 그냥 될 것 같다는 근거 없는 확신이 생겼고 청량리도 될 것 같고.. But, 얼마 전 분양 후 거주 요건과 전매 제한이 강화되죠.

북위례에 당첨되면 어떻게 살지 아내와 얘기하는데(마음은 이미 당첨을^^;) 아내가 회사는 어떻게 다닐 건지 묻더라고요. 편도 2시간.. 로또를 위한 몸테크 말고는 북위례에 갈 이유가 제게는 없다는 걸 알았어요.

전혀 생각지도 않던 주거지인데(좋은 곳이지만 제 회사가 너무 멉니다ㅠㅠ) 단지 돈 때문에 가려고 한다는 걸 알았을 때 뭔가 잘못되고 있음을 느꼈습니다. 첫 집을 장만했을 때의 설렘은 온데간데없고 돈만 남은 거예요. 더 큰 두 번째 새집은 기대도 없이 머릿속에는 돈만 가득했던 거예요.

강남 사려고 했더니 몇 달 만에 폭등해서 접고, 다른 데라도 한 채 더 사려고 했는데 투기 지역이 돼서 대출이 막히고.. 마지막 남은 카드가 분양이었던 것 같은데 그 또한 실거주 요건으로 주춤하게 되면서 초심(?)을 생각해 봤습니다.

내 가족이 행복하게 사는 것.. 단지 그게 목적이었는데 그러다 보니 돈도 따라온 것인데.. 얼마 전 태어난 둘째를 보면서도 머릿속에는 부동산만 가득한 걸 보면서 이제는 좀 쉬어 가야겠다는 생각이 들었습니다.

첫 집의 설렘을 다시 떠올리며 잠시 쉬어 보려고요, 생각해 보면 내 집을 갖게 된 것 자체가 기적 같은 거였는데 너무 오늘을 누리고 살지 못하는 건 아닌가 싶었습니다. 혹시 지금 자산이 부족한 예비 집주인분들은 언젠가 기회가 오니 너무 초조해 마시고요. (인생이 항상 산술적으로만 흘러가는 건 아닌 것 같아요.)

고등학교 은사님이 그런 말씀을 하셨어요.

어느 날 문득 달라지기로 했다

"살다 보니 집도 있고 차도 있더라. 너무 아등바등하지 않아도 된다."

너무 못살던 시절에 들어서 그땐 저 말이 좀 어처구니없게 들렸는데 지나고 나니 진짜 그렇게 되었네요. 이 글을 보시는 모든 분도 보금자리에서 행복을 누리시길 바라겠습니다^^

생애 첫 집이자 첫째와 둘째가 태어난 추억이 담긴 곳

· 2019년 어느 봄(강남 집을 얻기까지)

"Now or Never."

계약하기까지 머릿속에서 쭉 떠오르던 문구인 것 같습니다.

"(그 많은 대출을 받고) 생활이 가능하긴 한 거야?"

"인플레이션이 갚아 줄 거야."라고 머쓱해서 말하기는 했지만 참 생각도 많고 과연 이래도 되나 하는 생각을 했던 것도 같습니다.

인생은 지르는 거라고 생각하긴 했지만 과연 이 정도까지 질러야 하는 건가.. 그래도 4인 가족의 외벌이 가장으로서 지금 아니면 강남은 영원히 못 들어갈 것 같다는 생각에 결정을 내리고 나니 불안하면서도 마음이 참 편안해졌습니다.

다른 여러 이유가 있겠지만 적어도 앞으로 10년 동안 부동산은 신경 안(못) 써도 된다는 사실이 좋았습니다. 영혼을 끌어모으고 또 끌어모았던지라 이제는 정말 그 어떤 투자도 할 수 없는 상황이라서요^^;

아직 언제까지 더 하락할지 모른다는 공포가 지배하던 지난 5월에 일원본동 푸른마을을 계약했습니다. 계약을 위해서는 올해 2월에 등기를 하고 살고 있던 경기도 신축 아파트를 절반 가까운 양도세를 내고 급매로 팔아야 하는 상황이었습니다.

당장 내년에 지하철이 개통되고 올라갈 게 뻔한 집을 이렇게까지 손해를 보면서 팔고 이 집을 잡아야 하는지 이틀 정도 고

민하고 그래도 해야겠다는 결론을 내렸습니다. (불꽃 같은 제 성격에 정말 오래 고민한 시간이었습니다^^;)

적어도 1억은 손해 보는 결정이었지만 정부의 3기 신도시 발표와 마치 신종 종교처럼 강남을 외치는 시대를 보니 살을 주고 뼈를 깎는(?) 것이 옳은 선택이라는 생각이 들었습니다. 그래서 너 대체 언제부터 이렇게 (부동산에 집착하게) 된 거냐는, 불우한 어린 시절 때문이냐며 뭐 이런 미친 사람이 다 있을까 하는 눈빛을 하고 있는 아내를 간신히 설득하고 제집을 팔기도 전에 일단 먼저 거금의 가계약금을 보내 버렸습니다.

제가 사는 집은 일주일 만에 급매로 팔았는데 이번에 매도를 하면서 제 나름대로의 급매의 정의를 내려 봤습니다. 부동산에 가서 금액을 말하는 순간 부동산 사장님들의 눈빛이 어린아이처럼 반짝반짝 빛나면서 "열심히 해 보겠습니다."를 외친다면 그게 정말 급매 가격인 것 같습니다. 그러면서 수요가 없는 게 아니라 '그 가격에서의 수요'가 없는 것이라는 어떤 책 내용도 생각났습니다.

일원본동을 택한 이유는 투자적인 면도 있었지만 제가 가진 소박한 자본과 현금 흐름으로 갈 수 있는 곳 중 최고의 학군이기 때문이었습니다. 어려웠던 어린 시절을 보낸 탓에 할렘에 가까운 학군에서 자라면서 좋은 학군에 대한 열망이 참 컸습니다.

운이 좋아 제법 괜찮은 직장에 들어간 덕분에 소위 말하는 좋은 학군에서 자란 동료들이 대부분인데 그들이 한결같이 하는 말이 있었습니다. "학군 별로 안 중요한 것 같은데요.. 그냥 열심히 하면 다 되는 거죠.." 그때마다 저는 이런 답을 해 줍니다.

"특권의 특징은 누리는 사람이 특권인지도 모른다는 데 있어요. 돈도 그렇고 건강도 그렇고.. 정말 소중한 건 없어 봐야 그 가치를 아는 법이니까요."

그럼에도 불구하고 강남으로 이사를 결정하기까지 머뭇거려지는 이유가 있었습니다. 과연 서울 40평 사이즈의 신축 33평에서 30년이 다 되어 가는 복도식 24평에서 살 수 있을까.. 하지만 더 걱정되었던 건 외벌이 4인 가족인 우리가 과연 강남 수준(?)을 따라갈 수 있을까 하는 것이었습니다.

그런데 가만 생각해 보니 강남 3구는 자가 비율보다 투자자

(임차인) 비율이 훨씬 높고 동네에서 가장 비싼 아파트의 전세가보다 매수할 집의 매매가가 더 높으니 적어도 평균은 되지 않을까 싶었습니다. 무엇보다 엄마들이 다들 에코 백을 들고 다니는 수수한 분위기라는 이야기를 들으니 이 정도면 가도 되지 않을까 하는 용기가 생겼던 것 같습니다.

물론 반포의 배턴을 이어받을 개포의 재건축이 끝나면 일원동의 시대가 올 것이고 아파트 생애 주기상 가장 싼 가격이라는 투자적인 관점도 무시할 수는 없었고, 동네에서 느껴지는 그 표현할 수 없는 편안함과 아름답게 들리던 새소리, 마치 〈죽은 시인의 사회〉의 한 장면이 연상되는 듯한 멋들어진 중산고등학교의 모습이 결정을 더 쉽게 만들어 주었습니다.

요즘도 가끔씩 주어진 모든 것들이 꿈만 같아서 화들짝 놀랄 때가 있습니다. 지금도 가끔 고등학교 친구를 만나면 저를 보고 정색을 하며 "나는 정말 네가 이렇게 성공할 줄 몰랐어."라고 제게 말해 주곤 합니다. 그도 그럴 것이 불과 10년 전까지만 해도 온 가족이 보증금 2천에 월세 20을 내는 비좁은 월셋집에 살고 있었으니까요.

누군가에겐 아무것도 아닌 집이겠지만 저에게는 주어진 모든 것들이 기적과 같습니다.

한 카페 회원분께서 "좋은 것을 누릴 때면 어려운 기억이 먼저 떠오른다."고 하셨는데 전 지금도 탕수육을 먹을 때마다 1년에 한 번밖에 못 먹던 귀한 음식이라는 생각에 젓가락을 들기 전에 멈칫하곤 합니다.

"너한테 강남은 은전 한 닢 같아."

동기 형의 말을 듣는 데 정말 그렇구나 싶었습니다. 결혼 8년 차에 7번째 집.. 그리고 세 번째 등기. 순자산 마이너스 6천으로 시작했던, 뜨거운 물도 잘 나오지 않고 천장이 낮아 아내가 혼수로 해 온 농도 안방에 올릴 수 없던 빌라 집이 생각납니다. 그럼에도 불구하고 참 행복했던 신혼 시절이 떠오릅니다.

비록 5억이 넘는 대출을 갚아 나가야 하지만 지금 이 순간은 부담보다는 설렘이 훨씬 큰 것 같습니다.

"My cup overflows(내 잔이 넘치나이다)."

어느 날 문득 달라지기로 했다

내 생애 첫 강남 집문서. 등기를 받고 닳고 닳도록 쳐다보던 기억이 난다.

· 2020년 1월 1일(도곡 집을 얻기까지)

"몸테크 없는 재건축 투자."

이번 거래를 진행하면서 계속 떠오르던 생각이었습니다.
2019년 상반기 1억 가까운 손해를 보고 매수했던 일원동 아파트는 거짓말처럼 반년 만에 실거래 기준으로 3억이 넘는 상승을 기록했습니다. 이 정도를 기대했던 건 아니고 단지 살 수 있을 때 강남 아파트를 사고 싶었을 뿐인데..

장인어른도 기뻐하셨고 매수 당시 엄청 구박하던 아내도 좋아하는 것 같아 너무도 행복했고 종종 이사할 집에 들르면서 어떻게 인테리어를 할지 기분 좋은 상상을 하면서 시간을 보내고 있었습니다.

지금 당장은 아이들이 너무 어리다는 생각에 넓은 경기도 집에서 조금 더 살다가 2년 뒤에 입주하겠다는 계획으로 주담대를 미리 받아 두고 월세를 주고 있었는데 과연 4인 가족이 이 넓은 집에서 살다 20평대에 적응을 잘할 수 있을지에 대한 고민은 늘 있어 왔습니다.

그래도 강남이니까 할 수 있을 거라고, 온 가족들에게 할 수 있다 할 수 있다를 외쳐 왔는데 속으로는 내심 자신이 없었던 것도 같습니다. 그러다 문득 이런 생각이 떠올랐습니다. 어차피 인테리어 비용이 들 텐데 그냥 일반 과세가 될 때 매도하고 나중에 이사하려고 했던 옆 단지 중대형을 사고 30평대에 월세를 살면 어떨까?

세금으로 손해 보는 비용이 어느 정도는 되겠지만 어차피 소유권을 옮길 거라면 거주와 투자가 분리된 지금 미리 사 두는 것이 좋겠다는 생각이 들었습니다.

그러던 중 오스틀로이드 님의 신간인 《**강남에 집 사고 싶어요**》를 읽으며 충격을 받습니다. 예상은 했지만 불과 몇 년 전까지 반래퍼(반포래미안퍼스티지)의 갭이 겨우 2억 정도였다는 사실.. 그리고 지금은 범접할 수 없는 갭이 되었다는 모두가 아는 사실을 발견합니다. 그럼 그때는 왜 반래퍼 같은 집들을 갭으로 살 수 없었을까?

기억을 더듬어 보면 '총금액'에 대한 부담 때문이었습니다. 그 많은 금액의 집을 감히 살 엄두가 나지 않았던 것이죠.. 하지만 지나고 보니 그때가 기회였고, 위험해 보였던 그 선택은 매우 안전한 길이었다는 걸 뒤늦게 깨닫게 됩니다.

그렇게 이런저런 생각을 하는 사이에 12·16 대책이 나왔고 정부는 정말 놀랍게도 15억 초과 주택에 대한 주담대를 아예 막아 버립니다. 그때 제 본능이 지금은 어떠한 출혈을 감수하고서라도 15억 초과 주택을 매수해야 할 때라고 외쳤습니다.

최초로 지정된 분양가 상한제 지정 동 중에서 15억 초과 아파트.. 늘 그래 왔듯이 정부가 어디를 사야 하는지 빨간 펜도 모자라 형광펜까지 칠해 줬다는 생각이 들었습니다. 이런저런 생각을 하는데 얼마 전 돌잔치를 가면서 지나갔던 도곡동 메타세콰이어 길이 떠올랐습니다. 그때 무심코 검색해 봤던 타워팰리스 시세는 매매/전세가 19억/14억..

20살 때 그토록 우러러보던 타워팰리스가 손만 뻗으면 (거주는 몰라도) 소유를 할 수 있다는 생각에 상상만으로도 세상 행복했습니다. 누구에게나 그렇겠지만 타워팰리스는 저에게 특히나 특별한 곳이었습니다.

20살 때 주말마다 어머니와 함께 삼성동 KT&G 본사 톱층에 있던 웨딩홀 주방으로 출근을 했습니다. 아침부터 2000명분의 곰탕을 만들고 고기 냄새가 찌들은 옷을 입은 채 남은 음식으로 다 같이 저녁을 먹었는데 식사를 마치고 믹스커피를 한 잔 할 때면 창밖으로 당시 부의 고유명사나 다름없던 타워팰리스의 화려한 야경이 보였습니다.

그것을 보며 매 주말 속으로 다짐을 했습니다.

"내가 반드시 저기로 간다. 기다려."

그렇게 꿈만 같던 타워팰리스를 소유할 수 있다면 투자수익률을 다 떠나서 일단 매수를 해야겠다 싶었습니다. 그리고 그건 마침 정부가 15억 초과 주택에 대한 상승을 멈춰 준 지금이 최고의 기회라고 생각했습니다. 그래서 10년간은 이곳에 살겠다고 다짐하며 간신히 아내를 설득했던 일원동 집을 매도하고 타워팰리스를 매수하려는 계획을 세우게 됩니다.

그리고 대책이 나오고 이틀 만에 도곡동 부동산에 갔는데 이미 저같이 생각한 사람이 많았는지 타워팰리스 가격은 저평가였던 시절이 무색하게 올라가 있었고 심지어 매물도 없었습니다. 35평 동향을 20억 부르는 걸 보면서 왜 지난봄에는 이 동네를 볼 생각을 못했던 건지..

제 자신의 안목 없음을 한탄하며 타팰블럭이라 부르는 타워팰리스와 인근 주상 복합 3개를 스터디하는데 대림아크로빌이 눈에 뜨였습니다. 타팰만큼은 아니지만 충분히 고급스럽고 전직 고관대작도 많이 살면서 자가 비율이 80%가 넘는다는 곳.. 부동산을 선택할 때 1순위로 보는 희소성 면에서 상당히 매력적으로 다가왔고 가격도 50~60평이 18억대로 상대적으로 괜찮아 보였습니다.

그런데 아크로빌 가격을 묻던 중에 추천받은 아카데미스위트를 보니 극강의 가성비였습니다. 50평이 매매가 17억에 전세 12억.. 도곡역 (거의) 초역세권이자 시원시원한 내부 구조. 그리고 북향 고층의 경우 지금도 훌륭한 뷰지만 나중에 GBC가 완공되면 더할 나위 없이 아름다운 야경과 함께 길 하나 건너면 숙명여중고라는 사실은 딸 가진 아빠인 제 마음을 흔들기에 충분했습니다.

그렇게 타워팰리스에서 시작해서 대림아크로빌을 거쳐 아카데미스위트로 방향을 틀었는데 아카데미 가격을 묻는 중에 이번에는 우성캐릭터199 아파트를 추천받게 됩니다. 전혀 후보지에 없던 곳이었는데.. 그래도 이미 일원동 집을 매도로 내놓은지라 만약을 대비하여 집이라도 봐 둬야겠다는 생각으로 집을 보러 갑니다.

사실 우성캐릭터를 보러 갔다기보다는 낮에 한 번도 제대로 보지 못했던 타팰블럭을 둘러보고 다른 매물을 보유한 부동산 사장님들과 인사를 하려는 이유가 더 컸던 것 같습니다. 원래 계획이 타워팰리스가 2~3억쯤 조정받으면 일원동 집을 1억 정도 손해 보고 팔고 매수할 생각이었는데 집을 본 순간 제 머릿속에 두 가지 생각이 강하게 들었습니다.

"이건 이미 조정받은 가격이다."

"그나마 규제 때문에 매물이라도 나온 거니 팔아 주는 사람이 있다는 것에 감사하고 네고 없이 그냥 사자."

그도 그럴 것이 타펠 제외 주복 3인방의 50~60평 가격이 17~18억대였습니다. 잠실 30평대와 개포 신축 20평대 가격이 20억인데.. 적어도 20억은 되어야 정상이지 않을까 싶었는데 집을 보고 나니 그 생각이 확신으로 굳어졌습니다. 집을 보고 난 소감은 약간의 과장을 하자면 상류층 체험을 한 기분이었습니다.

온통 밀레로 뒤덮인 빌트인과 고급스러운 도장.. 여기가 이 정도면 타워팰리스는 도대체 얼마나 좋다는 거지.. 그래도 개인적으로 현재 타워팰리스는 단기 고점이거나 제자리를 빠르게 되찾은 듯 보였고, 아직 키 맞추기를 덜 한 주복 3인방 중에는 양재천을 끼고 있으면서도 유일한 계단식 구조인 우성캐릭터199가 제일 마음에 들었습니다.

무엇보다 집을 보여 주신 사모님과 그 집의 가족사진이 너무 행복해 보였습니다. 누가 들으면 웃겠지만 그냥 "내 집이다."는 생각이 들면서 보고 온 집이 계속 눈에 밟혔습니다. 그런데 안타깝게도 실거래가보다 싸게 내놓은 제 집이 팔리지를 않았습니다. 저번에 마음고생 한 것 때문에 절대 선매수는 안 하기로 다짐했는데 집이 팔리지 않아 너무 답답해하던 중.. 눈 딱 감고 실거래보다 1억 넘게 싼 가격으로 집을 내놓고 3일 만에 매도하게 되었습니다.

양도세까지 2억이 넘는 손해를 보고 이 거래를 진행하니 아내가 화가 참 많이 났는데 일원동 때도 그랬지만 지금이 아니면, GBC가 눈에 드러나면 도곡동 주복은 앞으로 도저히 접근할 수 없을 거라 생각하니 어떤 출혈을 감수해서라도 사야겠다 싶었습니다.

언제나 "Now or Never."이니까요.. 원래 최종 목적지를 반포로 삼았다가 우선미[4]로 방향을 틀었었는데 그 이유 중 1번은 메타세콰이어 길과 양재천이었습니다. 사람들한테 보이는 것이 아닌 그 자체가 목적이라면 같은 양재천 변인 이 아파트를

---

4) 우선미: 대치동 양재천 변에 있는 아파트 개포우성의 '우', 선경의 '선', 한보미도맨션의 '미'를 합쳐 부르는 약어로 압구정 현대아파트와 함께 부동산계의 쌍두마차라 불리기도 한다.

먼저 실질적으로 입주 가능한 집으로 마련해 두고 투자는 다른 재개발 등으로 하면 되지 않을까?

일단 정말 살고 싶은 집을 소유하고 있지 못하니 자꾸 다른 곳으로 눈을 돌리는 자신을 보면서 당장의 손해를 감수하겠다는 결단을 했는데, 그러면서 "몸테크 없는 재건축 투자"라는 논리를 만들게 됩니다.

일반적으로 주상복합의 수명은 60년, 아파트의 수명은 30년이라면 아파트 기준으로 주상복합은 31년부터 1년 차라 볼 수 있다. 지금 매수하고 10년 후에 입주한다고 치면 10년 후에 신축으로 완공되는 재건축 아파트를 투자하는 것이나 다름없다. 그렇다면 상대적으로 여유로운 투자금으로 투자하고 월세로 일원동 30평대에서 초중등학교까지 보내다 고등학교 때맞춰 이사를 한다면 그동안 고민하던 평수를 줄이는 문제도 해결되고 초양극화 시대에 핵심지를 선점할 수도 있다는 이론을 만들게 됩니다.

10년 동안 인플레이션이 반환해야 하는 전세금의 1/3은 갚아줄 테고, 도곡동 전세 상승분이 일원동보다는 클 테니 그 금융비용으로 저축도 가능하겠다 싶었습니다. 기적이 일어나지 않아도 되는 현실적인 계획으로 도곡성 입성이 가능한 것이었습니다.

아 이렇게 구조를 짠다면 몸테크 없는 재건축 투자가 가능하겠구나.. 관점의 차이는 있겠지만 비록 구축이라도 20평대를 생각하다 30평대를 살 수 있다는 생각하니 그동안 해 왔던 좁은 집에서의 몸테크 고민이 순식간에 사라져 버렸습니다.

이 결정을 하기까지 정말 고민을 많이 했습니다. 살을 주고 뼈를 깎아야 한다고 말하긴 했었는데 이렇게 계속 살을 주다가 과다 출혈로 죽는 건 아닐까.. 취등록세까지 자기자본 3억을 이렇게 그냥 태워 버려도 되는 걸까.. 혹시 내가 쉽게 벌었다고 쉽게 날리는 도박자들 같은 선택을 하는 건 아닐까.. 혹시 대단하다는 말을 듣고 싶어서 무리를 하는 건 아닐까.. 수많은 생각에 머리가 혼란스러웠지만 이 한 문장으로 답을 내렸습니다.

"내 가족이 이런 환경에서 살 수 있다면 참 좋겠다."

사실 개인적인 꿈을 이루려면, 무언가 엣지 있는 포지션을 가지려면 기다렸다가 타워팰리스를 서향이라도 매수하는 게 맞았던 것 같습니다. 그런데 전 요즘 안 어울리는 선물 받은 버

버리보다는 어울리는 지오다노를 더 즐겨 입습니다.

군이 대단한 브랜드가 아니라도 제 자신에게 어울리는 것을 택할 수 있는 용기가, 자신감이 생긴 것 같기도 합니다. 물론 아직 용적률이 600%대라 이론상 300% 이상의 용적률이 남아 있고 20년 안에는 수직증축 리모델링이 가능할 거란 투자적인 판단도 없었던 것은 아니나 일단 정말 살고 싶은 집을 마련했다는 것 자체가 행복합니다.

투자로는 꼭 좋은 선택은 아니었을지언정 우리 가족을 위해 최선의 선택을 했다는 것이 무엇보다 좋았습니다. 이전 거래에서 영혼을 끌어모았다고 생각했는데 이번 거래에서는 거의 영혼을 팔아 버린 수준으로 무리를 했습니다.

이제는 정말 잡념 없이 일상생활에 집중할 수 있지 않을까 싶습니다. 그러고 보니 큰 대책이 나올 때마다 대처해야 한다는 생각에 집을 샀는데 이제 더 이상 대책 없이 부동산 시장이 안정되길 바랍니다.. 저도 좀 쉬고 싶어서요..

계약을 다 끝내 놓고 이럴 거라면 그냥 처음 분양받은 집을 들고 있다가 팔아도 되는 거였는데 뭐 하러 등기를 4번이나 하면서 이 고생을 한 건가 싶은 마음도 들었지만 꼭 필요한 과정이었던 것 같습니다.

만약 이 과정이 없었다면 저는 이만한 가격대의 집을 매수할 수 있을 만한 '그릇'이 되지 못했을 테니까요. 무엇이든 의미 없는 과정은 없고, 단계를 건너뛸 수도 없는 것 같습니다.

6억짜리 집을 갖고 보니 7억이 보였고, 8억을 갖고 보니 10억이 보였고, 10억이 13억이 되니 그제야 17억을 볼 수 있는 용기(그릇)가 생겼습니다. 몇 년 전 그 작은 갭으로 반래퍼를 살 수 없었던 것도 제가 감히 그 정도의 자산을 담을 그릇이 아니었기 때문이니까요. 아마 시간을 되돌려도 전 반래퍼를 못 샀을 겁니다.

이번 거래를 진행하면서 작년과 올해 양도세와 취득세로 2억이 넘는 세금을 나라에 드리게 되었습니다. 적지 않은 돈이지만 수급자로 살면서 이 나라에서 받은 빚을 (확실히) 갚았다는 생각이, 그리고 그 당시의 수모와 부끄러움을 이제야 제대로 씻어 냈다는 생각을 하니 그렇게 아깝다는 생각이 들지 않았습니다.

과거의 상처를 지우기 위한 비용이 필요하다면.. 저에게는 이 거래세가 처방전이었던 것도 같습니다. 그리고 제가 진정 원했던 것은 반포동도, 대치동도, 압구정동도 아닌 도곡동이었다는 것 또한 알았습니다.

가장 어려웠던 시절, 어머니와 경기도에서 새벽 전철을 타고 출근했던 삼성동에서 바라봤던 타워팰리스가 있는 곳, 도저히 잡힐 것 같지 않았지만 주문을 외우듯, 마치 북벌론처럼 들어가겠다며 외쳐 대던 이 도곡동이 제가 진정 원하던 곳이라는 것을 알았습니다.

어느 분이 그런 말을 하더군요.

"성공이란 나의 만족에 다른 사람의 시선이 필요 없는 상태이다."

성급하게 했다고 아내에게도 구박받고, 어머니에게도 혼나고, 부동산 사장님한테도 질책을 받았던 이번 거래지만.. 그럼에도 불구하고 그 어느 때보다 좋습니다. 너무너무 자랑을 하고 싶은데 상당수가 상실감에 젖어 있는 시대인지라 제 마음의 안식처인 부동산 스터디 카페에 조용히 나눴던 글입니다. 힘들어하는 분들 앞에서 기뻐하는 것이 그분들에게는 폭력일 수도 있음을 요즘에서야 깨달았기 때문입니다.

2020년 1월 1일 계약, 2021년 1월 1일 촬영

어느 날 문득 달라지기로 했다

Part III

작은 부자가 되는 가장 쉬운 방법

Intro:
소중한 분들에게 드리고 싶은 이야기

　금융의 백그라운드가 없던 저는 금융권으로 이직을 한 후 어떻게 하면 이 필드에서 전문적으로 살아갈 수 있을지 고민을 하게 되었고 미국회계사(AICPA)를 취득한 후 스탠퍼드 MBA로 유학을 가겠다는 원대한 계획을 세우게 됩니다. 신혼 시절 단풍 하나 보지 못하고 이직 공부를 했던 저는 다시 수험 생활에 들어가게 되는데 추석이나 설날이나 제대로 쉬지도 못한 채 학업을 이어 갔습니다.

　그런데 10년이 넘는 세월을 정신없이 달려오다 너무 지쳐 버렸는지 나도 모르게 "나도 좀 쉬고 싶다."는 독백을 하는 일이

　　　　　어느 날 문득 달라지기로 했다

잦아졌고 자체적인 안식년을 선물해 주기로 결심하기에 이릅니다. 대학 교수님들이 1년씩 안식년을 가지는 것에 착안하여 6개월의 안식년을 부여했는데 제 기준에서의 안식년은 휴직하고 그런 게 아니라 6개월 동안은 업무 시간 외 나머지 시간에는 제 마음대로 하고 싶은 일을 하게 해 주는 것이었습니다.

반년 동안 무엇을 하면서 놀까? 내가 제일 좋아하는 일이자 가장 사치스러운 활동이 독서니까 책을 보자. 반년이면 100권을 읽겠지? 그런데 제가 고른 책들은 하나같이 실용적인 재테크 서적들이었습니다. 월급쟁이 부자들, 월세의 여왕, 빌딩 부자들, 나는 쇼핑보다 경매 투자가 좋다, 은행 사용 설명서, 보험 들기 전에 알았더라면 좋았을 것들 등.. 돌이켜 보면 이 시간이 제 사고의 틀과 인생의 방향을 많이 만들어 준 것 같습니다.

무엇보다 이 안식년의 영향으로 스탠퍼드 MBA 학위는 등기 권리증으로 바뀌어 있었고 그동안 막연하게 경험으로만 깨달았던 금융과 재테크 지식이 체계적으로 정리가 되었습니다. 나름 성공한 직장인으로 이름이 알려지자 소중한 분들이 종종 재테크 관련 상담을 해 오셨는데 그럴 때마다 재테크계의 시원* 쿨 같은 강의안을 만들고 싶다는 생각을 종종 해 왔습니다.

직접 만나 상담을 해 드리면 제일 좋겠지만 실강이 어렵다면 마치 옆에서 누군가 말해 주는 것 같은, 화려하지는 않지만 자연스럽게 이해가 되는 그런 강의안을 만들어 보면 어떨까? 그러던 중 마침 과장님께서 직원들에게 재테크 강의를 해 주면 어떻겠냐는 제안을 해 주셨고 무언가 운명으로 받아들인 저는 강의안을 만들고 '상담'이 아닌 '강의'를 시작합니다.

지금부터 그렇게 만들어진 소중한 분들에게 드리고 싶은 이야기(강의)가 시작됩니다.

흔히 하는
오해들

먼저 너무도 당연하게 흔히 하시는 오해들에 대해 말씀드려보고자 합니다.

1) 수입이 아니라 저축이 부자로 만든다.

건물주의 손자로 태어나 짧은 영화(?)를 누리다 주식과 사업의 실패로 대학을 졸업하기 직전까지 극빈층으로 살아오면서 지독한 가난이 너무 싫었습니다. 그런데 가난만큼이나 저를 짜증 나게 했던 것은 아버지의 궁상맞을 정도의 근검절약이었습니다.

이렇게 아껴 봤자 어차피 가난한데 대체 왜 아껴야 하는 거지.. 그냥 크게 한 방 벌면 되는 건데 왜 이렇게 구질구질하게 살아야 할까.. 공부를 안 하는 저를 훈계하던 아버지의 가슴에 대못을 박으며 어떻게 살아도 아버지보단 잘살 거라고 외치던 날이 생각이 납니다.

그런데 부자가 되고 싶어 읽던 재테크 책에서 성공한 사람들에겐 당연하지만 저에게는 너무도 충격적인 문장을 발견합니다. "수입이 아니라 저축이 부자로 만든다." 이 말은 저에게 너무 충격이었습니다. 생각해 보면 다이어트처럼 아무리 운동을 열심히 해도(수입이 좋아도) 많이 먹으면(많이 쓰면) 소용이 없는 것이었는데 저는 무작정 많이 벌 생각만 했던 것 같습니다.

무엇보다 지독하게 절약하지 않은 창업자는 없고, 그들이 망한 건 사치 때문이 아니라 사업의 운이 안 좋았던 것일 뿐임을 알았습니다. 절약은 성공의 기본 덕목이었고 아버지는 단지 운이 없었을 뿐이었는데.. 시간이 흐르고 나서야 절약을 우습게 보는 것이 저 같은 저소득층의 공통적인 문제인 것을 알게 되었습니다. 어차피 티끌 모아 티끌이니 기본을 가볍게 여기고 부자가 될 수 있는 기본에서 멀어져 버리는 것이죠.

어느 날 문득 달라지기로 했다

2) 의지의 문제가 아니라 시스템이 부재한 것이다.

- 돌, 자갈, 모래 [예산으로 움직여라. (가계부·쿠폰은 거들뿐)]

그렇다면 우리는 왜 그 중요한 저축(절약)을 못 하게 되었을까요? 의지가 부족해서? 그렇다면 같은 민족이었던 조선인은 못살고 대한민국인은 잘사는 것을 설명하기 어렵습니다. 우리에게는 선한 마음이나 의지가 아닌 시스템이 필요합니다.

대형 할인점 초기 시절 사방을 나뒹구는 카트가 골칫거리였습니다. 그 문제를 한 번에 해결한 것은 한민족의 도덕성이 아니라 500원짜리 동전 한 개였습니다. 내 500원을 사수하기 위해 자연스럽게 카트가 정리되었던 것이죠. 저축에도 그런 시스템이 필요합니다.

한때 대학 교수의 이야기 동영상이 유행했던 적이 있습니다. 유리병과 돌, 자갈, 모래를 가져다 놓고 어느 순서로 넣어야 하는지 알려 주는 그 강의 말입니다. 답은 알고 계시죠? 모래를 먼저 넣으면 답이 없다는 사실. 맹목적인 절약은 마치 모래를 먼저 넣는 것과 같습니다. 고생은 고생대로 하고 결과는 그리 좋지 못합니다. 결국 "이렇게 열심히 해도 결국 소용없었다."라는 패배감만 남기게 됩니다.

 여기서 돌을 채워 넣는 것은 내 집 마련에 해당합니다. 내 집을 먼저 마련해 두면 굵직한 예산이 짜이게 되고 그렇게 만들어진 예산안에서 이루어지는 절약은 전혀 고통스럽지 않습니다. 검소함과 궁상맞음을 나누는 기준은 딱 하나라고 생각합니다. 바로 그 사람의 자산입니다.

3) "High Risk, High Return." 정말 그럴까?
- 저위험, 중수익, 고 삶의 질. → 저위험은 선택이 아닌 필수. (어차피 행복해지려고 시작한 길이다.)

 취업을 위해 재무관리를 공부하면서 충격을 받았습니다. 그건 High Risk인데 Low Return인 모델이 있다는 것입니다. 그러면서 부자들은 다들 손실을 회피한다는 책의 이야기가 떠올랐습니다. 그건 모델일 뿐이고 현실 세계는 다르지 않느냐고요? 현실에도 기획 부동산 등 많은 것들이 있습니다. 모두 '한 방'을 노리는, "High Risk, High Return."이라는 믿음을 가진 사람들을 잡아먹습니다.

 그래서 전 늘 저위험·중수익·고 삶의 질을 추구합니다. 어

어느 날 문득 달라지기로 했다

차피 행복해지려고 시작한 길인데 저위험은 선택이 아닌 필수입니다. 무엇보다 극빈층으로 살아왔던 제 잃어버린 20년이 그것이 옳다고 말해 줍니다. 적어도 제 아이들에게는 저와 같은 어린 시절을 물려주고 싶지 않기 때문입니다.

4) 부자들은 대부분 나이가 많다.

- 젊은 부자들은 드라마에서나 존재한다. (모든 한국 남자가 현빈이 아닌 것처럼.)

이 부분은 《월급쟁이 부자들》(이명로(상승미소) 지음, 스마트북스)이라는 책에서 읽은 말인데 뭔가 제 삶에 빛으로 다가온 말입니다. 우리는 흔히 부자라고 하면 젊고 돈이 많은 외제차를 타는 본부장님을 떠올립니다. 그런데 대부분 부자는 나이가 많습니다.

한국인 모두가 한류 드라마에 나오는 연예인 같지 않은 것처럼 젊은 부자들 또한 드라마에서 존재합니다. 어차피 부자는 다들 나이가 많으니 나도 절대적인 시간을 가지고 차근차근 앞으로 가면 된다고 생각하니 마음이 참 편안해졌습니다.

5) 얼마나 벌면 행복할까?

- 대부분 10억까지가 행복. (한계효용의 급격한 체감.)
- 우리는 막연히 많은 돈을 원한다. (홈쇼핑에서 아무거나 달라고 한다면? 어떤 상품(돈)도 배달되지 않는다.)

"얼마나 벌고 싶으세요?" 재테크 책에서 이 글을 읽는데 마치 누가 육성으로 말을 하는 듯했습니다. 그리고 매우 당황했습니다. 왜냐하면, 단 한 번도 생각해 본 적이 없기 때문입니다. 저만 그럴까요? 아마 상당히 많은 분이 그럴 겁니다. 그런데 만약 우리가 홈쇼핑에서 주문하면서 아무거나 달라고 하면 어떤 일이 벌어질까요? 어떤 상품도 배달되지 않을 겁니다.

지금은 화폐가치가 조금 달라졌지만, 돈은 10억을 벌 때까지가 가장 행복하고 그 이후로는 한계효용이 급격히 체감한다는 글을 본 적이 있습니다. 그러면 우리는, 아니 나는 얼마나 벌면 만족할까요? 여기에서 저는 작은 부자의 기준을 순자산 10억으로 잡았습니다. 비현실적이지도 않고 평범한 월급쟁이가 이룰 수 있는 현실적인 부, 그리고 자부심을 느끼면서도 크게 아쉽지 않을 정도의 현실적인 부의 기준을 현재 가치로 10억을 잡으니 뭔가 선명해지는 느낌이 들었습니다.

어느 날 문득 달라지기로 했다

6) 주식 부자가 거의 없는 이유?

- 레버리지의 근본적인 차이.
- Easy come, Easy go.

주위에서 부동산으로 돈을 벌었다는 사람들은 많이 보이지만 주식으로 부자가 된 분들을 보기는 쉽지 않습니다. 왜일까요? 먼저 레버리지에서 근본적인 차이가 납니다. 집은 어차피 살 집이기 때문에 4억이든 5억이든 대출을 받고 가격은 자산 기준으로 움직이니 수익률이 수억 단위를 베이스로 움직입니다. 그런데 어지간한 용자가 아닌 이상 주식을 수억씩 빌려서 하기는 어렵고 결국 '수익률'은 높아도 '수익액'에 있어 부동산을 따라가기가 어렵습니다.

두 번째로는 "Easy come, Easy go."입니다. 치밀한 분석을 하지만 아무래도 부동산에 비해서는 들어가는 품이 적기에 벌어들인 돈을 온전한 내 돈으로 인식하는 데 어려움을 겪는 것 같습니다. 제가 만든 이론이긴 하지만 '뇌가 온전히 내 노력으로 벌어들였다고 인정한 돈'만 날아가지 않고 내 손에 머물게 되는데 주식은 그게 좀 어렵지 않나 싶습니다. 그래서일까요…. 주식으로 '정말 어렵게' 번 5% 정도의 분들만 부자가 되시는 것 같습니다. (네. 저 부동산 예찬론자 맞습니다.)

7) 부동산으로 돈을 번 사람들은 투자의 귀재들이었을까?

(그저 가족들과 고민 없이 살 집을 원했을 뿐.)

종종 듣는 질문이 "저 지금 ~만큼 모았는데 어디에 투자하면 좋을까요?"입니다. 편한 사이인 경우 제가 어김없이 정정합니다. "질문이 틀렸어요. 나중에 살고 싶은 집을 어디에 마련하면 좋을까요?"라고 물어봐야죠.

최근 단기간에 부동산이 급등하면서 많은 수익(평가이익)을 얻은 분들을 주위에서 보곤 합니다. 그분들이 마치 투자의 귀재처럼 보이고, 본인들도 마치 엄청난 혜안이 있어서 그러한 투자를 했다고 생각하시기도 합니다.

그런데 과연 그럴까요? 미래를 예측하고 2013년~2015년에 바보라는 조롱을 받으면서 아파트를 샀을까요? 당시에 집을 사고 돈을 벌어 부러움을 한 몸에 받는 분들 대부분은 그저 가족들과 고민 없이 살 집을 마련했을 뿐입니다. 그 집을 마련하기 위해 당연히 거쳐야 했던 각오는 "떨어져도 괜찮다."입니다. 어차피 가족들과 행복하게 살 집이 필요했으니까요. 그러다 보니 돈이 그냥 "따라온 것"뿐입니다.

"죽고자 하면 살고, 살고자 하면 죽는다." - 충무공 이순신

얼마 전까지 부동산 시장은 "벌고자 하면 잃을 것이요, 잃고
자 하면 벌 것이요."이었습니다. 그리고 보면 부동산은 너무 복
잡하게 머리를 안 써도 되는 것 같습니다. 그냥 가족(혹은 자
신)과 함께 살고 싶은 집을 마련해 두면 내가 좋은 곳은 남도
좋기에 결국 우리를 부자로 이끌어 주는 것 같습니다.

부동산,
마지막 입시

1) 순간의 선택, 그리고 과도한 혜택(시급 3천 원 vs 3만 원)

저는 공부를 정말 늦게 시작했습니다. 어차피 가난하게 사는 거 대학을 가서 뭐 하나 생각했던 것 같습니다. 지금도 기억나는 게 고2 말에 본 모의고사가 400점 만점에 180점이었습니다. 고3 때 마음먹고 밥을 먹으면서도 공부했지만 그렇게 좋은 대학을 가지는 못했고 대부분 육체노동을 하면서 돈을 벌었습니다.

대학교 2학년 때 오후 4시부터 새벽 2시까지 한 달 내내 일하면서 받은 월급은 겨우 90만 원, 시급 3천 원꼴이었습니다. 그런데 그다음 해에 편입하고 주 2회 영어 한 과목을 가르치며 받은 돈이 40만 원이 넘었습니다.

작년의 나와 올해의 나는 잠재력 면에서 모두 같은 사람이었는데.. 단지 공부를 조금 했다는 이유로 전화기 너머의 학부모님은 이렇게 말씀하셨습니다. "선생님.. 45만 원만 드려도 될까요.."

그런데 이와 비슷한 일이 얼마 전까지 서울 부동산 시장에서 일어났습니다. 잠재력 면에서 큰 차이가 안 나는 직장인들.. 단지 얼마 전에 서울(수도권)에 집을 샀는지 여부에 따라서, 그 작은 노력에 따라서 3억 이상의 차이가 벌어졌습니다. 충분히 허탈하고 분노할 만합니다.

그런데 그런 일이 부동산에서만 그랬던 걸까요? 적어도 제가 느끼기에는 학창 시절에 조금 더 노력했다는 이유로 받는 보상과 페널티가 훨씬 과도하게 받아들여졌습니다. 다른 걸 차치하고서라도 그냥 결과가 너무도 가혹하게 차이가 나는 게임의 룰이 입시와 부동산이 너무 닮았습니다. 그래서 저는 부동산을 성인들의 입시, 마지막 입시라고 부르기 시작했습니다. S대는 못 갔지만 부동산만큼은 S대(강남)를 가자고 외치면서요.

2) 100점을 맞으려다 0점을 맞는 과목

종종 부동산으로 대화하다 보면 공부를 잘하시던 분들이 부동산 매수에 상당히 어려움을 느낀다는 것을 깨닫게 됩니다. 저처럼 80점만 맞아도 만족하던 사람은 그냥 80점이면 충분하다고 생각하고 결정을 하는데 늘 100점을 맞던 분들은 완벽한 조건을 기다리시는 것 같습니다.

그렇게 100점을 맞으려고 기다리다 0점을 맞았던 과목.. 그게 최근 부동산 시장이었습니다. 공부를 잘하셨던 분들은 매수에 앞서 자신에게 꼭 이 말을 반복해서 말씀해 주셔야 할 것 같습니다. 100점 안 맞아도 된다고요. 더 큰 문제는 애초에 100점을 맞을 수가 없는, 마치 일정 점수만 넘으면 자격이 주어지는 자격시험 같은 과목이라는 데 있습니다.

3) 하락과 폭등 사이(Where이 아니라 When)

부동산 매수를 망설이는 이유, 특히 요즘에 매수를 망설이는 이유는 단 하나인 것 같습니다. 덜 오르면 어떡하느냐는 마음보다는 떨어지면 얼마나 마음이 아플까에 대한 두려움인 것 같습니다. 그럴 때 전 이런 말씀을 드리고는 합니다.

"부동산에는 두 가지 리스크가 있어요. 하나는 샀는데 하락하는 리스크와 다른 하나는 안 샀는데 폭등하는 것.. 그런데 샀는데 떨어지면 마음이 아프지만 못 샀는데 폭등하면 마음이 무너집니다."

대부분 어디를 사야 하는지 물어보시고는 하는데 가장 최악은 안 사는 것이고 중요한 건 어디(Where)를 사야 하는가가 아니라 언제(When) 사야 하는가 입니다. 전 1주택을 향한 적절한 매수 타이밍은 언제나 바로 오늘이라고 확신합니다. 당장 무엇이든 살 것 같은 뜨거운 마음은 주위의 목소리가 하나둘 들려오면 식어 버리고, 한번 식어 버린 마음은 다시 불붙지 않으니까요. 일단 불이 붙으면 태워 버려야(계약서를 써야) 합니다.

4) 4억을 빌리면 정말 큰일 날까?

• 부동산을 사기 전 부딪히는 거대한 벽 대출. "4억을 빌리고 어떻게 생활할 수 있지?"

지금은 아니지만 얼마 전까지 큰돈을 빌리면 큰일 난다고 생각하는 분들이 많았습니다. 그런데 4억의 한 달 이자는 약 73만 원(2.2% 가정)이고 대학가 원룸은 50만 원인데 한 가정의 주거비로 그렇게 터무니없는 것일까요? 금리를 좀 높여서 가정한다 해도 엄청나게 큰 비용은 아닙니다.

우리는 어쩌면 어려운 선택을 피하기 위해 공포를 과장하는 것일지도 모릅니다. 대표적인 것이 주담대 원리금 상환 비용 중에 원금 상환 비용까지 마치 이자인 것처럼 말씀하시는 겁니다. 주담대를 바라보기 전에 의지적으로 꼭 기억해야 합니다.

※ 원금 상환은 저축(Saving)이지 비용(Expense)이 아니다.

5) 매수 가능 주택=순자산+(조달 가능 금액×결단력)

- 돈이 없지 가오가 없냐?" ⇒ "결단력이 없지 돈이 없냐?" (누구나 1억이 부족하다.)

부동산 상담을 하시는 분들을 보면 돈이 없는 분들은 없습니다. 하지만 늘 돈이 없다고 하십니다. 그 이유는 간단합니다. "누구나 딱 1억이 부족하기 때문"입니다. 지금 생각하시는 딱 아쉬운 그 금액이 채워지면 과연 만족스럽게 매수를 할 수 있을까요? 아니라고 확신합니다. 그 순간 딱 1억이 부족한 다른 집이 눈에 들어올 테니까요.

때로는 인정을 하기 어렵습니다. 무언가(결단력) 부족하다는 사실을요. 그런데 그걸 넘어서야 합니다. 결단력이 부족한 이유는 무엇일까요? 제가 생각했을 때는 부동산을 너무 쉽게 생각하기 때문이 아닐까 싶습니다. 인생의 3대 미션이라 한다면 '취업', '결혼', '내 집 마련'을 들 수 있을 겁니다. 이 부분에 동의하지 않는 분들은 거의 없을 것으로 생각합니다.

그런데 취업은 쉬웠나요? 뽑아만 주시면 영혼을 바치려고 하지 않으셨나요? 그럼 결혼은 쉬웠나요? 아.. 이거 두 번 다시 하지 말라고, 이렇게 준비가 어려운 건가 그런 생각 안 하셨나요? 그런데 왜.. 내 집 마련은 하늘에서 떨어져야 할까요? 취업 준비하다, 결혼 준비하다, 힘들면 그냥 포기해 버리셨나요? 그런데 왜 집 문제 앞에서는 왜 이렇게 힘드냐며 그렇게 쉽게 포기해 버리십니까..

그냥 인정해 버리면 됩니다. 원래 어려운 거라고. 그냥 눈 딱! 감고 헬기 강하하듯이 뛰어드는 거라고 말입니다. 어릴 때 온탕에 들어가는 거랑 똑같습니다. 물을 조금씩 적시면 들어갈 수가 없는.. 아시죠? 그냥 뛰어드는 겁니다.

작은 부자로
향하는 약법삼장

밴드부 출신으로서 가끔씩 드럼 과외를 해 달라는 부탁을 받았습니다. 그런데 겉으로는 화려해 보이지만 드럼이 무척이나 따분한 악기입니다. 제대로 치려면 드럼에 앉기 전에 적어도 한 달은 타이어(패드)를 치고 드럼 의자에 올라가야 합니다. 그 과정을 안 거치면 아주 엉망이 되어 버리거든요.

메트로놈을 틀어 놓고 타이어를 치면서 RLRL(오른손 왼손 오른손 왼손)을 하고 있으면 정말 지루하기 그지없지만 그 과정을 거쳐야 합니다. 그런데 문제는 그저 취미로 배우고 싶던 사람들이 그 과정을 견디지 못하고 다 중도에 그만둬 버리는

어느 날 문득 달라지기로 했다

것이었습니다. 아.. 대체 왜 그럴까.. 타이어 꼭 쳐야 하는데 왜 자꾸 마늘 못 먹고 뛰쳐나가는 호랑이처럼 다 중간에 그만둬 버리는 거지.. 그러다 깨달음을 얻었습니다.

"어차피 목숨 걸고 하는 사람들 아닌데 그냥 재미있게 해 주자." 그다음부터는 타이어는 대충 치라고 하고 그냥 드럼에 앉혔습니다. 그냥 즐거우라고 하는 건데 굳이 각 잡고 할 필요가 없었던 겁니다. 그런데 재테크도 그와 같다는 생각이 들었습니다.

어차피 빌 게이츠가 되려는 것도 아니고 작은 부자가, 내 가족과 행복하게 살 정도가 목표라면 각 잡고 할 필요가 없겠구나. 그렇다면 포기하지 않고 끝까지 갈 수 있는 방법이 어디 있을까 생각해 보다가 한 고조 유방의 약법삼장(約法三章)[5]이 떠올랐습니다. 복잡한 거 다 날려 버리고 최대한 간단하게 정리해 보면 어떨까? 누구나 따라 할 수 있는.. 그렇게 떠올린 것이 아래의 5가지 Step입니다.

---

5) 법조문을 간단히 제정하는 일을 이르는 말. 한(漢)나라 고조(高祖)가 진(秦)나라를 멸한 뒤에 진나라의 가혹했던 법률을 폐하고 법규(法規) 삼장(三章)만으로 나라를 다스린 데서 비롯되었음. 즉 그 내용은 첫째, 살인자(殺人者)는 사형(死刑)하고, 둘째, 남을 상(傷)하거나 도둑질한 자는 벌하며, 셋째, 진의 법은 모두 폐한다는 등 3장임. [네이버 지식백과] 약법삼장[約法三章] (한국고전용어사전, 2001. 3. 30., 세종대왕기념사업회)

1) 종잣돈을 모을 때는 무조건 유동성(내 집 마련 전에 목돈으로 들어가는 연금은 특히 치명적)

우리나라의 장기 적금 유지율이 얼마나 될까요? 매우 적습니다. 특히 결혼 전이라면 그 장기 적금은 그냥 깬다고 보시는 게 무리가 아닙니다. 고액 연금 저축은 또 어떤가요? 지인의 소개로 울며 겨자 먹기로 든 연금 저축.. 모두 다 정리해야 한다고 봅니다.

연말정산을 아까워하는 것보다 내 집 마련을 못 할지도 모른다는 불안함이 더 커야 하고 실제로 더 두려운 일입니다. 돌멩이(내 집)를 채워 넣을 때까지 고정비를 최대한 줄이고 유동성(1년 이내 현금화 가능 자산)을 확보해야 합니다.

이 부분에서 또 필요한 것이 보험 리모델링인데요, 보험 같은 경우 스터디를 제대로 하시면 좋지만 핵심만 간단히 정리를 해 보면 월 보험금은 월수입의 10% 이내로 세팅하고, 암 보험은 비갱신형으로 들고 진단 자금을 높게 하시는 겁니다.

암보험을 비갱신형으로 들지 않으면 막상 발병 확률이 높은 은퇴 이후 시기에 급격히 올라 버린 보험을 유지할 수 없게 되고, 진단 자금을 적게 해 두면 가장이 일하지 못하는 순간에 가정경제에 치명상을 입게 됩니다. 정작 필요한 건 수술비가 아니라 보릿고개를 넘길 수 있는 생활비니까요.

2) 그 시점에 살 수 있는 가장 좋은 집 매수

간혹 어떤 집을 사야 하는지 물어보시는 분들이 계신데요. 그럴 때마다 그 시점에 살 수 있는 가장 좋은 집을 매수하시면 된다고 말씀드립니다.

여기서 중요한 것은 "가용 자산=수능 점수 / 매수할 주택=대학"이라는 것을 잊지 않아야 한다는 것입니다.

수험생 중에 서울대를 갈 수 있는데 전액 장학금을 받겠다고 다른 학교에 갈 학생이 있을까요? 그런 어처구니없는 선택을 하는 경우는 거의 없다고 봐야 합니다. 그런데 왜 현실에서는 빚 없이(전액 장학금) 집을 샀다는 것을 자랑스러워하시는 분들이 그렇게 많으신 걸까요? 시간이 지나면 결국 다 깨닫게 됩니다. 결국 남는 건 학부(급지)라는 것을요.

모든 시험이 문 닫고 들어가는 것이 가장 잘하는 것인 것처럼 집도 최대한 무리해서 사야 합니다. "지금 너무 무리해서 턱까지 찼어요." 하시는 분들에게 늘 드리는 말씀이 있습니다. "인중까지 채우세요."

특히 요즘처럼 사실상 거주 이전의 자유를 잃어버리고 있는 시대에는 처음에 좋은 곳에 가야 합니다. 그것이 갈아타기의 디딤돌이 될 뿐만 아니라 설사 계획대로 진행되지 않더라도 편안함을 줍니다. 후회가 남는 선택은 언제나 무리수를 동반하게 되니까요.

3) 2년 실거주 비과세 채우고 갈아타기(매수는 기술, 매도는 예술)

- 내 집은 아까워야 팔 수 있고, 남의 집은 아쉬워야 살 수 있다.
  (상급지 업그레이드는 싸게 팔고 비싸게 산다고 생각해야 한다. 움켜쥐면 옮길 수 없다.)

제가 도곡동을 매수하기 위해 일원동 집을 2억 손해 보고 매도했을 때 일원동 부동산 사장님이 정말 잘하셨다고 하면서 해주신 말씀이 있습니다. "잘하셨어요, 시간이 좀 지나잖아요? 2억 손해 봤다? 아무것도 아니에요. 다들 그런 걸 아까워하셔서 저기(양재천 너머)를 못 가세요."

어느 날 문득 달라지기로 했다

그런 말을 듣고 저 스스로도 그렇게 생각했지만 과연 잘한 선택이었는지 한동안 마음고생이 많았습니다. 운명의 장난인지 인생을 건 베팅을 한 이후에 코로나가 터지고 유가와 주식이 반 토막이 나는 것을 보면서 더욱더 혼란스러웠습니다. 그냥 욕심을 부리지 말 걸 그랬나..

그런데 시간이 지나고 보니 이론으로 생각했던 것들이 실제로 다가왔습니다. 제 것을 아까워서 내주지 못했다면 외벌이 직장인인 저는 아마 평생 제가 원하던 곳에 가지 못했을 것 같습니다.

무언가 철학적이지만.. 비워야 채워진다는 것은 어디에나 통용되는 것 같습니다. 돌이켜 보면 3번의 매도를 하면서 단 한 번도 이만하면 잘 팔았다고 생각하고 샀던 적이 없었던 것 같습니다. 언제나 매도 때는 아쉬웠고 매수 때는 제값을 드렸습니다. 아깝지 않다면 거짓말이겠지만.. 그것이 상급지로 갈 때 마땅히 지급해야 할 티켓값이라고 생각합니다. 그리고 인간은 내가 지불한 가격만큼 가치를 느끼는 동물인 것 같습니다.

4) 자녀에게 주는 최고의 유산(꽃이 아니라 화분을 선물해라)
- 자녀가 어릴 때 10년~20년을 바라보고 재개발이 될 빌라 등을 증여.

• 젊음이 자산이라는 말은 단순한 정신 승리가 아니다.
  (재테크는 시간을 돈으로 바꾸는 프로세스/ 압구정 사람
  들은 옥수동 화분을, 대치동 사람들은 개포동 화분을 사
  줬고 결과는 우리가 모두 알고 있다.)

예전에는 어른들이 청년들에게 젊음이 자산이라는 말을 하
는 것을 들었을 때 그냥 듣기 좋은 말을 해 주는 것인 줄 알았습
니다. 그리고 실제로 그럴지도 모릅니다. 그런데 적어도 재테
크에 있어서만큼은 젊음이 자산이라는 말은 단순한 위로나 정
신 승리가 아닌 것 같습니다. 어느 분의 말처럼 재테크는 시간
을 돈으로 바꾸는 프로세스니까요.

지금 당장 꽃(신축)을 사 줄 여력이 안 된다면 마음 아파하기
보다 화분(미래의 재개발)을 사 주고 시간이 흐르게 하면 됩니
다. 지금 당장은 막연해 보일지 몰라도 아이가 결혼할 때, 아니
면 그 이후에라도 가장 아름다운 꽃이 되어 있을 테니까요. 인
생은 그런 것 같습니다. 아무것도 아닌 것 같아도 그것을 미리
알고 실천한 사람과 아닌 사람을 너무도 벌어지게 만드는 것이
요.

5) 위를 보면 끝이 없다(요동치는 마음을 붙잡는 법)

- 우공이산(愚公移山)의 마음: 대를 이어 올라간다는 차분한 마음. (흙 → 금(×) / 흙 → 동 → 은 → 금)
- 성공이란 나의 만족에 다른 사람의 시선이 필요 없는 상태.

마이너스로 시작해서 어느 정도 부족하지 않은 자산을 일구었을 때 너무 뿌듯했습니다. 세상에 아쉬운 게 없다는 생각까지 들었습니다. 그런데 어느 순간 위가 보이기 시작했고 얼마 전까지 느끼던 기쁨과 감사는 어디 갔는지 아쉬움과 초조함만 밀려왔습니다.

"아 그때 그걸 샀어야 했는데.. 아 그걸 팔지 말았어야 했는데.. 아 그때 조금 더 과감했어야 했는데.." 수많은 생각이 하루 종일 머릿속을 가득 채웠습니다. 대체 왜 이렇게 힘든 걸까? 생각해 보면 제 대에 모든 승부를 보겠다는 마음 때문이었습니다. 좋아하는 표현은 아니지만 흙수저에서 동수저가 된 것으로도 충분히 감사해야 할 일인데.. 대체 언제 금수저가 되나 하면서 스스로 불행해지고 있었습니다.

그러다 문득 우공이산 이야기가 떠올랐습니다. 아.. 굳이 내가 다 할 필요가 없는 거구나. 내가 동을 만들고, 내 아들이 은을 만들고, 손자가 금을 만들면 되는구나. 그리고 그냥 그 성장하는 과정을 누리면 되는 거구나. 뭔가 정신 승리긴 하지만 성장의 기쁨을 자손들에게 물려주는 것도 나름의 의미가 있다 싶습니다. 개도국의 행복 지수가 왜 높을까요? 전 단연코 그 높은 경제성장률에 있다고 확신합니다. 인간은 성장해야 기쁨을 느끼는 존재니까요.

마치며 :
우리는 모두 자격이 있다
(박탈감을 느끼지 않아야 할 자격)

제가 요즘 밀고 있는 말이 있습니다. "~님은 자격이 있어요. 그동안 그렇게 열심히 사셨는데.. 박탈감을 느끼지 않을 자격이요." 정말 그렇습니다. 저는 어렵게 사셨던, 그리고 어렵게 살고 계시는 분들은 모두 자격이 있다고 생각합니다. 특히 아이들 얼굴도 제대로 못 보시면서 맞벌이를 하시는 분들은 더욱 자격이 있다고 봅니다.

그래서 그런 분들에게는 주제넘지만, 이런저런 말씀을 많이 드렸던 것 같습니다. 그리고 지금 이 순간 이 글을 읽고 계실

분들에게도 같은 말씀을 드리고 싶습니다.

"자격이 있으시다고.. 박탈감을 느끼지 말아야 할 자격이."

〈추천 자료(재테크 커리큘럼)〉

• 재무관리 Basic: 《4개의 통장》(고경호 지음, 다산북스) → 《월급쟁이 부자들》(이명로(상승미소) 지음, 스마트북스) → 《보도 섀퍼의 돈》(보도 섀퍼 지음, 이병서 옮김, 북플러스)

• 부동산: 《부동산 상식사전》(백영록 지음, 길벗) → 《돈이 없을수록 서울의 아파트를 사라》(김민규 지음, 위즈덤하우스) → 《강남에 집 사고 싶어요》(오스틀로이드 지음, 진서원)

• 추천 카페(네이버): 부동산스터디(https://cafe.naver.com/jaegebal) (인기 글과 일반 글을 편식 없이 구독 추천.)

가장 보시기 편하고 핵심적인 책 위주로 몇 개만 골라 보았습니다. 때로는 거창한 것보다 가볍게 시작하는 것이 훨씬 좋

어느 날 문득 달라지기로 했다

은 결과를 만들어 내는 것 같습니다. 무엇이든 일단 포기하지 않고 완주를 해야 다음 시합을 생각할 수 있게 되니 말입니다.

에필로그

레버리지의 시대에서 증여의 시대로

"얼마 전까지는 레버리지의 시대였고 지금은 증여의 시대예요. 그런데 곧 상속의 시대가 올 겁니다. 그때가 되면 클래스가 나뉘어 버리고 더는 내가 왜 (서울에) 집을 못 사는지 속상해하지 않을 거예요. 어차피 못 사는 거니까요. 주위에서 한남더힐을 못 사서 안타까워하는 분을 보신 적 있으신가요? 이제 모든 서울의 집들이 한남더힐이 될 겁니다."

요즘 종종 드리고는 하는 말입니다. 일제강점기와 6.25(한국전쟁)를 거치면서 우리나라는 소위 말해 리셋이 되었고 어느 곳보다 평평한 세상 속에 살아갈 수 있었습니다. 하지만 이후 적지 않은 시간이 흘렀고 다른 나라와 같이 계층이 갈라지는 초입에 들어선 것 같습니다.

종종 양극화 시대가 온다. 아니다. 초양극화 시대가 온다. 곧

온다. 이런 이야기들이 들려옵니다. 그렇다면 초양극화 시대
는 무엇이고 대체 언제 온다는 걸까요? 저는 그 시점을 지금의
30·40 세대가 증여가 아닌 상속을 받게 되는 시점이라고 보고
있고, 안타깝게도 그 시간이 코앞으로 다가왔습니다.

요즘 20년 전 유행했던 유명한 미국 드라마인 프렌즈를 다시
보고 있는데 잘 아시다시피 뉴욕에 사는 친구들의 유쾌한 이야
기입니다. 그런데 중간에 그저 웃어넘기기에는 인상적인 장면
이 나옵니다. 친구들의 맞은편 집으로 이사를 하려는 한 남자
가 집주인에게 뇌물을 바치는 장면이요. 그런데 막상 선물을
주러 갔더니 다른 사람들의 더 좋은 선물이 이미 쌓여 있는 장
면이었습니다. 그만큼 임차인(세입자)으로 집을 구하기 힘들
다는 방증이겠지요.

그런데 20년 전 뉴욕에서 있었던 일을 그저 웃어넘기기에는
지금 우리나라의 상황도 예사롭지 않은 것 같습니다. 가끔 부
동산 상담을 하시는 분 중 매우 여유로운 분들을 만나게 됩니
다. 이미 여유가 있으시기에 당연히 급한 모습도 보이지 않으
시지요. 그럴 때마다 드리는 말씀이 있어요.

"지금은 앞서 있는 것 같지만 조금 지나면 평범해지고 조금

에필로그   231

더 지나면 뒤처지게 될 겁니다."

우리가 아무리 잠잠히 있으려 해도 시대의 변화가 파도처럼 우리의 일상을 뒤덮어 버리고 있습니다. 그러면 이 파도는 대체 왜 치는 걸까요? 파도를 만들어 내는 바람을 볼 필요가 있습니다.

'유동성 기단'과 '초양극화 기단'이 만나 만들어 내는 매서운 바람. 우리는 '자본주의'의 시대를 살아갑니다. 그런데 그러면서도 노동을 신성시하는 '노동주의'적 모습을 보이면서 가치관의 혼란을 느끼고 있습니다.

우리는 종종 말하고는 합니다.

"그렇게까지 벌고 싶지는 않다."

구질구질하다는 말이겠지요. 그런데 말입니다. 우리 부모님들, 우리 선조들은 다 그런 구질구질함을 감당했습니다. 우리에게 맛있는 음식을 먹여 주고 싶어서, 좋은 옷을 입혀 주고 싶어서, 따뜻한 집에 재워 주고 싶어서요.

어느 날 문득 달라지기로 했다

초양극화 시대가 왔을 때 제 아이들이 세상을 원망하지 않았으면 좋겠습니다. 아니 제가 그런 모습을 보여 주고 싶지 않습니다. 그래서 저는 세련되지 않아도 그렇게까지 벌려고 합니다. 오늘의 세련됨은 어제의 구질구질함이 만들어 주기 때문입니다. 어느 분이 이런 말씀을 하셨던 것이 기억에 남습니다.

"가난하게 자란 사람에게 없는 건 돈이 아니라 여유다."

아이들에게 여유를 선물해 주고 싶어 오늘도 여유 없이 삽니다. 그것이 아이들이 누리게 될 그 여유를 저도 누리는 비결이자 빡빡한 시간표를 살지만, 여유 있어 보인다는 말을 들을 수 있는 비결이 아닐까 생각해 봅니다.

마지막으로 제가 나름 남들보다 빠른 인생을 살아가고 있을 때 친구가 해 줬던 이야기를 드리고 싶습니다.

"진현아, 나도 너처럼 내가 빠르다고 생각했었어.
그런데 내가 빠른 게 아니라 다른 사람들이 느린 거였어."

감사의 글

예전부터 책을 써 보라는 권유를 종종 받았습니다. 그럼에도 불구하고 시도조차 하지 않았던 확고한 이유가 있었습니다. 표면적으로는 책을 쓸 만큼 성공하지 않아서였지만 진짜 이유는 젊은 날의 설익은 기록이 훗날 발목을 잡을까 두려웠기 때문입니다.

그런데 이런 생각이 들었습니다. 이리 재고 저리 재다가 나중에 만들어 내는 정제되고 미화된 말보다 더 의미 있고 가치가 있는 건 꾸밈없고 진솔한 지금의 이야기가 아닐까요? 훗날 이 글을 쓰는 지금의 미숙한 내 모습조차 사랑해 줄 성숙한 사람이 되기를 소망하며 이 글을 마무리합니다.

이 책이 나오기까지 아무것도 없던 저를 가능성 하나만 보고 거두어 준 아내와 장인·장모님, 하나님께서 내 삶에 평안을 허락하셨다는 뜻의 딸 써니, 하나님께서 내 삶에 복을 부어 주셨다는 의미의 아들 지니, "우리 아들은 한다면 하는 사람"이라고

어느 날 문득 달라지기로 했다

말해 주신 아버지와 어려운 상황 속에서도 우리 가족을 포기하지 않았던 어머니와 누나에게,

그리고 이 책의 시작에 등장하는 고등학교 친구이자 캄보디아 비즈니스맨 재평이, "You가 서울대에 못 가면 게으른 거예요."라며 격려해 주셨던 故서원장 선생님, 재능 낭비하지 말고 일단 책을 쓰자고 하시던 성 박사님, 암흑의 시기에 고시 공부를 지원해 주셨던 조남홍 목사님·조선호 전도사님께, 출판을 머뭇거리고 있을 때 남아공의 10캐럿짜리 다이아몬드도 사람이 찾을 수 없는 곳에 묻혀 있다면 현재 가치가 제로라고 말씀해 주셨던 바이런베이 님께 감사의 말씀을 드립니다.

가난하고, 무책임하고, 무기력하고, 희망 없던 제 인생이 바뀌었듯 이 책을 보고 계신 독자님의 삶 또한 소망하고 바라 마지않던 아름다운 모습으로 변화되시길 바라며..

'이'시대의 '진'정한 '현'자를 지향하는
이상적현실주의(이진현) 드림